[illegible]屋繁昌記（一）

若旦那の覚悟

第一話　兄嫁の姿

一

白い靄《もや》のかかった蔵前《くらまえ》通りが、少しずつ明るくなってきた。幅広の道には大店老舗《おおだなしにせ》と呼ばれるのに相応《ふさわ》しい重厚な建物が櫛比《しっぴ》していた。

呉服や太物、荒物、乾物などを商う店もあるが、目につくのは札差《ふださし》と米問屋、両替商だった。屋根にある大きな木看板が、通りを見下ろしている。

だがまだ、戸を開けて商いを始めている店はなかった。空の荷車が、店の軒下に並んでいる。

このあたりは片側町で、通りの東側には広大な御米蔵があった。周囲は石垣で囲って塀を設け、その外側には堀があり竹矢来が組まれていた。

三つある御蔵御門番所には、警固の役人が昼夜を分かたず詰めて睨《にら》みをきかせる。

ここの門扉が開かれるのも、あと一刻（約二時間）ほどのときがたってからのことだった。

寛政五年（一七九三）、梅雨のさ中、五月中旬のことである。曇天だが、降り出してくる様子はまだなかった。ただ湿気があって、蒸し暑い一日になりそうな空模様だった。

いつもの早朝ならば、千住宿《せんじゆしゆく》へ向かう旅人の姿があるばかりだが、今日は様子が違った。

それぞれの御門番所の前には、商家の番頭や手代、空の荷車を引いてきた人足ふうがたむろしていた。声高に、何か話している者もいる。

この蔵前通りに面した天王町《てんのう》の札差高田屋《たかだや》も、まだ店の戸を開けていなかった。しかしそれは、商いを始めていないというのではない。

今日は札差にとっても、また出入りをする直参の侍たちにとっても、特別な日といえた。

「手代の太助《たすけ》は、御門番所前に行きました。切米《きりまい》手形は、小僧の卯吉《うきち》がすべてを荷《にな》ってついています」

番頭の平之助《へいのすけ》が、新五郎《しんごろう》に伝えた。

「それはご苦労さん。札旦那の方々もお待ちかねだからね」

札差の店の前には、どこにも五、六名の、多いところでは十人以上の侍が集まっていた。

髙田屋の前にも、すでに七、八人の侍たちが店開きするのを待っている。殺伐としたものではなく、とき折笑い声が起こった。どこかに、明るい和やかな雰囲気がある。

これらを目当てにした、食い物や湯茶を商う振り売りの姿もあった。

店の板の間には、文机《ふづくえ》が三つ用意されている。そこには商いの帳面と筆、墨が用意され、奥の帳場にはどっしりと重たい銭箱が用意されていた。店の土間には、客たちが腰を下ろす縁台も用意されている。

台所では、客たちに振る舞う茶のために、大釜で湯を沸かしていた。

「若旦那になって、初めての切米ですね。しっかりと、乗り切っていただきますよ」

励ますというよりも、叱咤《しった》する響きをこめて平之助は言った。新五郎が生まれたときには、すでに髙田屋で手代として働いていた。情に流されることはない。厳格な取引をすることで知られていた。

札旦那からは、『髙田屋の狒々《ひひ》番頭』と陰口を叩《たた》かれている。

「分かっていますよ」

新五郎は、気付かれぬようにふうと息を吐く。

三月前の春切米のときは、次の夏切米を若旦那として迎えることになるとは考えてもいなかった。髙田屋の一族ではあっても、手代の身分で役割を果たせばいいだけだった。

ところが二月の切米の直後、五つ違いの跡取りの兄惣太郎《そうたろう》が崩れ落ちる米俵の下敷きになって亡くなった。やり手の若旦那として将来を嘱望されていたが、二十六歳で生涯を終えてしまった。

跡取りになるなど考えもしなかった次男坊の新五郎だが、急遽若旦那と呼ばれる立場になった。髙田屋弥惣兵衛《やそうべえ》とお邑《ゆう》の夫婦には、子どもは男子が二人いただけだ。

手代ならば、己の役目を果たしさえすれば、後は何があっても他人事《ひとごと》として過ごせた。しかし若旦那という立場になるとそうはいかない。

亡くなった兄惣太郎は、事故や悶着《もんちゃく》があった場合、果敢に関わりその解決に尽力した。札差の相手は直参の侍だが、乱暴者もいれば、強面《こわもて》の者もいる。そのどれを相手にしても怯《ひる》まない。

拗《こじ》れた出来事ならば、もとを探して対応に当たった。

「自分には、できないな」

感心し、そして己の役目ではないことにほっとして、兄を見ていた。ところがそのお鉢が、思いがけず回ってきてしまったのである。

年に三度ある切米は、札差本来の重要な仕事だ。出入りする札旦那は、家計を支える禄米《ろくまい》をこの日に受け取る。

粗相があれば、それは髙田屋の失態となった。

平之助が「乗り切っていただきます」とあえて口にしたのは、惣太郎の働きに比べて新五郎の動きに不安があるからに他ならなかった。

「店の前にいる札旦那の数が、増えましたよ」

外の様子を見てきた手代の六造《ろくぞう》が伝えてきた。少しでも早く、換金した金子を得たいとの気持ちでやって来るのである。

十日ほど前から、六造だけでなく太助、狛吉《こまきち》、染次《そめじ》の四人の手代は、交替で札旦那の屋敷を廻っていた。受領する米の量や組番、氏名の記された切米手形を預かったのである。

そして今朝、一番年嵩《としかさ》の手代太助が、集めた切米手形を荷った小僧卯吉を伴って御門番所へ出かけた。開門と同時に、各札差の番頭や手代が御蔵役所に切米手形を提出する。

蔵米取すべての禄米だから、御米蔵から運び出される米の総量は十万俵を軽く超す。

開門と同時に、御門番所付近は戦場のような騒ぎになる。

町がすっかり明るくなった頃、「わあっ」と歓声が上がった。御米蔵の門が開かれ、待っていた人足たちが声を上げたのである。

これを合図に、高田屋を始めとする各札差は店の戸を開けた。

蒸し暑い店の中に、待ちかねていた札旦那たちがなだれ込んできた。

「順番に、お願いしますよ」

新五郎は、声を張り上げた。

普段は無理難題を口にし、しぶとく居座ったり暴言を吐いたりする一癖も二癖もある札旦那も、今日ばかりは素直に言うことを聞く。騒ぎになれば、その分だけ支払いが遅くなるのが分かっているからだ。

土間の縁台に腰を下ろして、自分の番を待った。

店の前の蔵前通りには、数え切れないほどの米俵を積んだ荷車が、がらがらと音を立てて通り過ぎてゆく。届けた後は、再び戻ってまた米俵を積み込む。一日中これを繰り返す。

荷運び人足たちにしてみれば、またとない稼ぎどきである。

「邪魔だっ。どきやがれっ」

「うるせえ。どくのはそっちだ」

車の音だけでなく、怒声も飛び交う。どれも殺気立っているから、年寄りや子どもは、この日蔵前通りには足を踏み入れない。

怪我《けが》をさせられては、たまらないからである。

札旦那たちは、切米手形と交換に渡した受取証を手に店へやって来る。手代はこれを受け取り、帳面と照らしあわせてから署名をさせる。平之助はこれを改めてから、金を銭箱から出して手代に渡す。

金のやり取りは慎重だ。後に悶着が起こると、処理が面倒になるからである。中には二重取りを企む者もあった。

小僧は新たに現れた札旦那に、番号のついた札を渡す。その順番で、手代が応対をする。湯茶を振る舞う者もいるし、腰を下ろす隙間のなくなった札旦那には床几《しょうぎ》を勧めるなどした。

饅頭《まんじゅう》や団子、白玉を商う振り売りが、暖簾《のれん》をかき分けて声をかけた。

「悶着は、起こっていないな」

主人の弥惣兵衛が、喧騒《けんそう》の店に顔を出した。にこりともせず、厳しい眼差《まなざ》しで店の中を見回した。

四角張った顔で、鼻筋の通った凛々《りり》しい面立ち。兄の惣太郎は父親そっくりだった。うりざね顔の新五郎は、母親似である。

「はい」

やや緊張の面持ちで新五郎は応えた。父とは、物心ついてからまともに話をしたことなど一度もなかった。

「惣太郎が亡くなった今、お前が跡取りとなる他はない」

面と向かって、初めてかけられた言葉がこれだった。脇の下に、汗が流れた。

「ぼんやり見ていてはだめだ。手代一人一人の動きに目を止め、店全体に心を配るのだ。何かが起こった場合、素早い対応が事を収める一番の妙薬だぞ。忘れるな」

言いたいことだけを口にすると、奥の部屋へ戻っていった。

髙田屋には、百三十ほどの札旦那が出入りする。八割以上の者が、この日に金子を受け取りに来た。

混んでいるから明日にしよう、という者は少ない。皆、かつがつ暮らしている。掛取りに、今日支払うと言って待ってもらっている者も多いはずだ。

日が高く昇る頃には、土間の縁台には隙間がなくなるほど人が集まった。折からの湿気と人いきれで、じっとしていても汗が噴き出してくる。対応する手代は、厠《かわや》へ行く暇もないくらいだった。

「て、てえへんだ」

そこへ人足の一人が駆け込んできた。汗で、顔も体も水を被《かぶ》ったようだった。札旦那の屋敷へ米を運ぶ仕事をしている者の一人である。

「どうした」

「神田川北河岸で、四人の浪人者に絡まれています。このままじゃあ、二十二俵の米が持ち逃げされます」

珍しいことではない。町ではこの日、江戸中と言ってよいほどの荷車が米俵を載せて走り回っている。これに因縁を吹っ掛けて掠《かす》め取ろうとする不逞《ふてい》浪人や破落戸《ごろつき》は、一組や二組ではなかった。

そのための用心棒として、高田屋でも二人の浪人者を雇っていた。

「よし。行こう」

店には何かのためにと、木刀や突棒を見えないところに隠し置いている。新五郎は木刀を手に取ると、店の外へ走り出た。奥に控えている用心棒が出てくるのを、待ってはいなかった。

神田川河岸と聞いて、寸刻を争うと思った。米俵を舟に載せられては追いかけるのが難しくなる。

行き交う荷車を避《よ》けながら、神田川河岸まで走った。

「馬鹿野郎。気を付けろ」

怒声など気にしない。橋は渡らず川の北河岸に出て、東へ向かった。蔵前通りから外れると、人や荷車の数はめっきり減る。遥か先に、米俵を積んだ荷車が四人の浪人者に囲まれているのが見えた。

荷を運ぶ人足は、二人だけになっている。

荒《すさ》んだ気配の浪人者たちは、皆腰の刀に手を添えていた。荷車は、川の船着き場へ移動をさせられているところだった。

「待てっ」

新五郎は叫んだ。木刀を振り上げている。相手は四人の浪人者だが、怯んではいなかった。

「お前たちは、泥棒じゃあないか」

と吐き捨てる。怒りが胸に渦巻いていた。

相手が四人でも、負けないつもりだ。しょせんは食うに困った痩せ浪人だと思っている。新五郎は、子どもの頃から下谷練塀小路にある中西《なかにし》一刀流の道場で剣術を学んでいた。

「札差は、武家相手の商いだ。剣術は学んでおいた方がいい。何をされても、怖いと思うことがなくなるからな」

という弥惣兵衛の指図だった。

新五郎にしてみれば、商いよりもこちらの方がよほど面白かった。十九歳のときには、免許を得ていた。

「な、なんだ。てめえは」

新五郎に気付いた浪人者たちは、体を向けた。腰の刀を抜きはらった者もいる。

「盗人《ぬすっと》ども。勝手なまねはさせないぞ」

叫んだ。

「うるせえ」

先に抜いていた一人が、斬りかかってきた。脅しではない。本当に斬り捨てるつもりだ。

「やっ」

前に出た新五郎は、木刀でこの一撃を払った。刀身のぶつかる鈍い音がしたが、次の瞬間には、木刀の切っ先が相手の小手を打っていた。

「うっ」

呻《うめ》き声と共に、握られていた刀が中空に飛ぶ。

「くたばれっ」

この間に抜きはらった他の侍が、打ち掛かってきた。こちらの肩先を狙う一刀だ。素早い動きだった。

新五郎は横に跳びながら、これを撥《は》ね上げた。前と同じように小手を狙ったが、これはかわされた。こちらの動きを、相手は織り込んでいた。

くるりと回転した刀身が、こちらの二の腕を襲ってきた。かなり近い。引けば肉を裁ち割られるのは見えていた。それで前に出た。

体と体がぶつかった。そのとき木刀の柄を、相手の鳩尾《みぞおち》に打ち付けた。

「ひっ」

浪人は蒼《あお》ざめた顔で、体をぐらつかせた。

「このやろう」

それまで怯んでいた荷運びの人足が、これで勢いづいた。用心のために荷車に載せていた棍棒《こんぼう》を手に取っている。

反撃の姿勢をあらわにした。

「ひけっ」

もう一人の浪人者が叫んだ。その声が消えないうちに、四人は走り去っていった。

「待ちやがれ」

人足の一人が追いかけたが、逃げ足は速かった。

「荷が無事ならば、それでいい」

新五郎は、そう告げた。そこへ雇っていた用心棒が駆けつけてきた。

「届け先まで、付き添っていただきましょう」

何があるか分からない。念のためそう依頼をした。

二

店に戻っても、混雑は変わらなかった。新五郎が浪人者と闘っていた間も、店では禄米の支払いが、続けられていた。

「賊はどうなった」

木刀を元の場所に戻していると、背後から弥惣兵衛に問われた。

「追い払いました。今は用心棒がついて、荷を届けています」

「ならばよかろう」

それで行ってしまった。「ご苦労」の言葉はなかった。

若旦那の役目は、事が起こった場合の補助と処理である。一つ済ませてきた、といった応答だった。これを繰り返すことで一人前になってゆくと、前に平之助に言われた。

新五郎は、店内の様子に目を配る。

土間で待つ札旦那の中には、昼の握り飯に食らいついている者もあった。注意してみると、米だけの握り飯ではない。

麦や雑穀の交ざったものだった。

徳川将軍家には、旗本八万騎といわれる家臣がいるといわれている。しかしこの八万という数字は、実数とはかなり違う。

御目見えの旗本はおよそ五千二百名、将軍には会うことのできない家臣が御家人で、これが一万七千名ほどあった。八万というのは、これら直参の家臣の陪臣をも合わせた数といわれる。

将軍家直参の武士たちは、忠勤を励む御奉公の見返りとして、禄と呼ばれる給料を得た。これには地方取と蔵米取の二形態がある。

地方取というのは、領地を与えられ農民から年貢を徴収しそれを給与とする者たちである。旗本など比較的上層の直参に多かった。

これに対して蔵米取は、領地ではなく幕府の蔵米を給与として支給される者たちを指した。直参としても、中下層の者が中心となった。

禄米の支給を切米というので、切米取とも呼ばれた。

町奉行所の定町廻《じょうまちまわ》り同心の禄は三十俵二人扶持《ぶち》だが、これは年の給与として米三十俵が与えられるという仕組みである。

札差は手数料を取って、支給される禄米を直参から代行して受け取る。自家用に食する米を除いて、換金するのも大きな役目だった。蔵米取は、この換金された金子で暮らしをやりくりするのである。

この金を手渡し、自家用の米を各屋敷に届けるまでが、札差の仕事だった。

客である蔵米取の直参たちを、札旦那と呼んだ。また直参たちは、札差のことを蔵宿と言った。

禄米は、毎月支払われるのではない。一年分を三度に分けられ、春二月に四分の一、夏五月に四分の一、冬十月に二分の一が支給された。享保八年（一七二三）に制度として定められた。

したがって二月の切米を春切米、五月の切米を夏切米と呼んでいた。

禄米以外に実入りのない無役の御家人は、ほとんどの者が日々の暮らしに窮している。米の値は上がらなくても、諸物価は上がってゆく。大都市である江戸の町の暮らしは、年を追うごとに派手になった。

にもかかわらず、無役の者の禄米は何年何十年たっても変わることがなかった。

無役の者は、直参ではあってもお役目はない。城や奉行所などの役所へ出仕することもない。極めて暇な身の上になるが、当然役料と呼ばれる手当は一切なかった。役得を得る機会も、出世の見込みも皆無といえる。

暮らしが上向く気配は、小指の爪の先ほどもなかった。傘張りや虫籠作りといった内職で手に入れられる銭など、高が知れていた。

だから支給される禄米さえ、むざむざ食べることはしない。売りに回さなければ暮らしは成り立たず、自家用の米は極力少なくして麦や雑穀を交ぜて嵩増しをした。

次男坊とはいえ札差の家の子だったから、新五郎はそのようなまねをした覚えはない。白米を、腹いっぱい食べられた。しかし多くの御家人はそうではないということを、兄の惣太郎はよく話していた。

「だから札旦那たちは、目の色を変えて金を借りに来るのだ」

と説明した。

食べたければ食べればいいではないかと、新五郎は思ったものだ。それができないのは、どこかで浪費をしているからだと感じていた。ただ兄には逆らえないから、黙って聞いていた。

札差の稼業は禄米の受け取りなど、武士にしてみれば面倒な手間を請け負ったのが始まりである。

禄米を受け取るための切米手形を、御蔵役所の入り口付近にある藁《わら》たばの棒に竹串に挟んで差し込んだ。これで支払いの順番を待ったのである。これを『差し札』と呼んだ。『札差』の語源である。

だから札差は、もとを糺《ただ》せば武家の禄米換金のための代理人に過ぎなかった。けれども時代をへて武家の暮らしが困窮してくると、状況が変わった。札差は、次年度以降の禄米を担保にして金を貸すようになったのである。

旗本や御家人は、よほどのしくじりがない限り、直参としての身分を失うことはない。とすれば、次年度以降の禄米は必ず得られる。貸し出す札差にしてみれば、取りっぱぐれのない金融といえた。

もちろん貸すのは、無利子ではない。年で一割五分から一割八分の利息を取った。低利とは言えないが、それでも困窮した直参たちは金を借りたがった。中には年利二割で貸した者もあった。

札差の懐は、貸金業を始めてから膨らんだ。禄米の代理受領と換金で得られる手数料など、足元にも及ばない金子が手に入ったのである。

だから新五郎にしてみれば、食うに困るどころか小遣いも同世代の者とは比べ物にならないくらい貰《もら》った。幼い頃から身に着ける衣類はすべて絹物で、木綿物は剣術の稽古着だけだった。

それを、けしからんと思ったことは一度もない。当然だと受け取っていた。

ただ札差業は、貧乏御家人から利息を搾り取る貸金業が主だと思っていたから、手代としての仕事をするようになっても、あまり本気にはなれなかった。

いずれは惣太郎の下で、番頭にでもなって生涯を過ごしてゆくことになるだろうと、自分の行く末については深く考えもしなかった。

兄は二年前にお鶴《つる》という直参の娘と祝言を挙げ、所帯を持った。平之助に劣らない厳しさで家業に励み、親類縁者から高い評価を得ていた。

弟である自分は、その陰に隠れてただ日々を過ごしていけばいいと軽い気持ちで過ごしていた。

十三歳の頃から、折々店を抜け出して両国広小路の見世物興行に顔出しをし、出し物を覗《のぞ》く面白さを知った。何しろ小遣いには困っていない。

通い詰める間に、興行主とも知り合いになって、見世物の手伝いをするようになった。

鐚銭《びたせん》を握りしめて集まる町の人々を喜ばせたり驚かせたりするのは、なかなか難しい。だがうまくいったときの心地よさは格別だった。しょせんは金貸しでしかない札差の仕事よりも、はるかに楽しかった。

ところが惣太郎は、思いもしない事故で命を失ってしまった。子のない兄嫁は実家に戻り、新五郎が跡取りの若旦那となった。

青天の霹靂《へきれき》といっていい。若旦那と呼ばれるようになってからは、勝手な外出もできなくなった。両国広小路の見世物小屋に顔出しすることも、めっきり減ってしまった。

昼過ぎになって、功刀源六《くぬぎげんろく》という札旦那が切米を受け取りに来た。歳《とし》は三十六で、本所北割下水《ほんじょきたわりげすい》の近くに屋敷がある。家禄は九十俵で無役だった。

昨年の暮れのことである。功刀はかなり困った気配で、金を借りに来た。対談した手代では話がまとまらず、惣太郎が相手をした。

小判一枚を借りに来たのである。

「功刀様のところには、二年先の禄米まで担保にしてお貸ししています。もうこれ以上は、無理でございます」

惣太郎は、きっぱり言った。脅されようが、泣きつかれようが、守るべき一線は崩さない。というのが惣太郎や平之助のやり方だった。

高田屋にとって小判一枚など、どれほどのものでもない。三年先の禄米を担保にとって貸してやれば、済むことである。利息を長い間取れるわけだから、その方がはるかに儲《もう》けになる。

かつては高田屋も、それで貸していた。いや、どこの札差でもそうしていたのである。

五年六年先の、いや十年二十年先の禄米まで担保に入れて札差から金を借りる者が現れた。他に実入りのない直参は、将来の禄米を担保に金を借りるしか手立てがなかったのである。また札差にしてみれば、担保に取った禄米は、受領から売却までの手続き一切を抱え込んだ上での貸与であり、取りはぐれは絶対にないものだった。

年利一割八分で貸せば、六年利息を得たところで元が取れる。だがこれは、蔵米取を無間地獄へ落とし込む。今の借財が次世代まで及ぶことになるからだ。

娘や御家人株を売らなくては、借財の返済ができない者まで現れた。それも一人や二人ではない。

そこで四年前の寛政元年（一七八九）九月に、老中松平定信《さだのぶ》の原案による棄捐令が幕府から発布された。これは困窮する直参蔵米取を救済するための施策である。

『棄捐』とは、借金の棒引きを意味する。この触れは、江戸の豪商として謳《うた》われた札差一同を震撼《しんかん》させた。

かいつまんでいうと、次のようになる。

天明四年（一七八四）十二月までの貸付金は、新古の区別なくすべて帳消しとする。それ以後の分は、利息をこれまでの三分の一に下げ、永年賦を申し付ける。

このとき札差仲間は九十六軒あった。その内、届け出られた棄捐総額は、百十八万八千両ほどになった。もっとも大きな損害を被った札差は、棄捐額が八万両を超している。高田屋でも、一万四千両ほどが露と消えた。

札差の屋台骨は、どこも揺らいだ。潰れた店もある。札差株は暴落した。そこで各札差は、貸し渋りを始めた。直参への金融が、取りはぐれのないものではないとはっきりしたからである。

高田屋でも、札旦那への金融のし方については改めざるを得なくなった。担保に取る禄米は、二年先までと決めた。利息は年利一割二分である。

「二割五分とっても良いぞ。是非にも貸してよこせ」

切羽詰まった者は、そう言ってくる。

「私どもは、高利貸しではありません。お上のお定めになった利息以上のものは、受け取ることができません」

惣太郎は動じない顔で伝えた。

札差の中には、五年六年先まで担保に取って貸す店もあったが、惣太郎は二年にこだわった。堅実な商いをしようと提案したのである。それが長い目で見れば、高田屋を守ることになると話した。

弥惣兵衛にしろ平之助にしろ、棄捐令では煮え湯を飲まされている。反対はしなかった。

高田屋の商いは、原則を曲げない。その点で惣太郎は、筋金入りの頑固者だった。

「他の札差ならば、もそっと融通が利くぞ。尻の穴の小さい男だな」

罵る者もあった。

しかし何を言われようと意に介さない。

「札旦那が困ろうと、どうしようと、私には関わりがありません。私は、高田屋の商いを守るばかりです」

平之助はいつも、内輪のところではそう口にした。弥惣兵衛も惣太郎も、同じ考えだろうと新五郎は思っている。

だから功刀源六が金を借りに来たときも、惣太郎は譲らない対応をした。

初めは懇願調だった功刀も、しまいにはかなり激昂《げきこう》した。追い詰められていたのも間違いない。

「覚えていろ」

と捨て台詞《ぜりふ》を残し、敷居を蹴飛ばして店から出て行った。

新五郎が功刀の顔を見るのは、それ以来だった。春切米のときは手代として客の応対をしていたから、いつ来たのか気付かないままに一日が終わっていた。

だから今は、少し緊張した。どういう態度を取るか、案じたのである。

土間に立った功刀は、店の中を見回した。そして新五郎に気付くと、近くへ寄って来た。

「若旦那殿だな」

「はい。さようで」

やや硬い顔だ。新五郎は居住まいを正した。

「先般は惣太郎殿について、無念なことであった。ご冥福を、お祈りいたす」

と頭を下げた。

「あっ、いや」

新五郎は、かなり面喰《めんくら》った。捨て台詞を吐き、敷居を蹴飛ばして出て行った人物と同じ者だとは思えないからである。

「惣太郎殿には、いかい世話になった。葬儀の折にも参ったが、弟殿には挨拶をいたさなかった。改めて礼を申す」

そう言うと、空いた縁台に腰を下ろした。穏やかな表情だった。

「はて」

新五郎は不審に思った。功刀について目に焼き付いているのは、あの怒りに満ちた荒々しい態度だけである。また惣太郎からも、何かを聞いてはいなかった。

店の中で、功刀に関わる話題が出たこともない。にもかかわらず、「いかい世話になった」と告げられた。気が付かなかったが、葬儀にも来たという。兄はいったい、何をしたのか。

惣太郎はいつも毅然《きぜん》としていて、事に動じない。先を見て、判断を行った。棄捐令後、店のやり方について考えを述べたとき、同席していた新五郎はなるほどと思った。

幼いころから、兄には可愛《かわい》がってもらった。しかし何をやってもかなわなかった。中西一刀流の剣でさえ、遅れを取った。いい勝負をしても、最後には一本を取られた。

親しみと共に、近寄りがたさもあった。

新五郎は札旦那の苦境を聞くと、気持ちが動くこともあった。

「おまえには、甘さがある。その心が見えれば、相手はそこを突いてくるぞ。口先の言葉を真に受け、情に流されれば、相手によって商いの仕方が変わってくることになる。それでは一人前の札差とはいえない」

言われたことは、もっともだと受け取った。兄は完璧に、札旦那と接していると考えていた。

「ならば、ことさらな世話などしていないではないか」

と、胸の内で言葉になった。疑問が大きくなっている。

尋ねようと思ったとき、「若旦那」と声をかけられた。御蔵役所に出向いていた手代の太助が、戻ってきたのである。

「おお、ご苦労だった」

こうなると、主人と共に禄米受領に関わる報告を受けなくてはならない。太助を伴って、奥の部屋へ行った。

報告には、半刻（約一時間）ほどがかかった。店に戻ると、功刀の姿はなくなっていた。

「まあ、いつか聞くことにしよう」

と気持ちを切り替えた。

この頃になると、札旦那で隙間もなかった縁台に空きができていた。もちろん混むのが嫌で、夕方近くになって顔を見せる者もいる。

新五郎と中西道場で朋輩だった門伝丞之助《もんでんじょうのすけ》がやって来たのも、西日が差し始めた頃である。一つ年上で昵懇《じっこん》の剣友だが、高田屋の札旦那でもあった。

家禄百俵だが、無役ではなかった。隠居した父親の跡を継いで、御徒目付《おかちめつけ》の役に就いていた。旗本を監察糾弾する御目付の下役である。役務の対象は御徒の者たちだが、旗本御家人の事情については詳しい男だった。

この役は、御徒からの付け届けがある。それで手心を加えるわけではないが、出されたものは受け取る。だから暮らしには困っていなかった。やり手ということなのかもしれなかった。

「皆、今日だけは嬉《うれ》しそうにしているがな、すぐに暮らし向きは厳しくなる。数日すれば、きっと金を貸せと言ってくる者がいるぞ」

　と門伝は言った。

「そうかもしれませんね」

「札差が貸し渋ると、札旦那たちは高利貸しへ行く。金がもとで、貸した者を刺殺した無役の者がおった」

　借財が溜《た》まって、御家人株を売ろうとした。しかし足元を見られて買い叩かれた。それでかっとなって、脇差を抜いてしまったのだそうな。

「死罪で、もちろん御家は断絶だ。嫌な話だな」

　御徒衆の悶着には慣れているはずだが、貧窮にまつわる話は気がめいると言い足した。

「本当にそうですね」

　新五郎は頷《うなず》いた。

三

夏切米が一息ついた五月二十四日、この日は兄惣太郎の月命日だった。新五郎は母お邑と、谷中《やなか》の菩提寺《ぼだいじ》徳恩寺《とくおんじ》へ墓参りに行った。

父も行く予定だったが、札差仲間との打ち合わせが入ってしまった。二人で出かけることになった。花と線香を持った小僧が、供についている。

朝から小糠雨《こぬかあめ》が降っていた。

母は辻駕籠《つじかご》に乗せた。道端の紫陽花《あじさい》が雨に濡《ぬ》れ、どこかから梔子《くちなし》の甘いにおいが漂ってきた。

お邑は、惣太郎の死から完全には立ち直っていない。仏壇の前に座って、呆然《ぼうぜん》としていることがまだあった。

「あの米俵が、倒れてこなければねえ。あそこに子どもがいなかったら」

と、今でも口にする。

満載の米俵を置いた荷車が、通りの角を曲がり損ねた。勢いがついていて、かけられていた縄が外れた。米俵が崩れ落ちたのである。

そこへ通りかかったのが惣太郎だった。兄一人ならば、何があったって命を失うことにはならなかったはずである。

だがこのとき、曲がり角に五歳の女の子が立っていた。

恐怖のあまり、この子は身動きができなかった。声も出せなかった。米俵が崩れ落ちかけた瞬間、惣太郎はその子の傍へ走り寄った。

子どもを撥ね飛ばしたが、自分は避けることができなかった。かがんだ頭に、勢いづいた米俵が直撃した。

見ていた者の話である。

子どもの命は救われたが、惣太郎は首の骨を折っていた。倒れた地べたから起き上がることはなかった。

「死ななくて済んだ命なのに」

母がそう言ったとき、兄嫁のお鶴が応じた。

「お優しい、惣太郎さまらしいではありませんか」

それでも生きていてほしかった気持ちは同じだが、受け取り方に微妙な違いがあった。子がなかった兄嫁は、一月後に実家へ帰った。

お邑は山門前で駕籠を下りた。境内の樹木が、雨に洗われて鮮やかに見えた。新五郎が蛇の日傘を差し掛け、本堂へ赴いた。

供養の読経を上げてもらってから、墓参りをした。

その墓へ向かう途中、一人の女が向こうから歩いてきた。

「ああ」

お邑が声を上げた。二十代半ばの武家の女である。知っているのは母だけではない。新五郎も、それが誰なのかはすぐに分かった。

兄嫁だったお鶴である。

その姿を目にして、新五郎ははっとした。心の臓がどきりとしている。

顔を見たのは、店の裏口から出て行くのを見送った以来だ。

食事の給仕をしてもらったことは何度もあるが、向かい合ってまともに話をしたことは一度もなかった。新五郎にしてみれば、清楚《せいそ》で慎ましやかな人だとの思いがあるばかりだ。

夫婦仲は、良かったと思う。

徳恩寺は、お鶴の実家とは縁のない寺だ。お鶴は惣太郎の月命日なので、墓参に来たのである。

面差しに翳《かげ》があった。寡婦となって、まだ三月しかたっていなかった。しかし変わらぬ美しさに、新五郎は心を打たれた。

お邑は、そこで何かを言おうとした。けれどもすぐに、出しかけた言葉を呑《の》み込んだ。死別とはいえ、離縁となって家を出て行った者である。

お鶴の方も、それはわきまえているようだ。

言葉は発しない。しかし立ち止まって、丁寧な礼だけはした。これには、お邑も新五郎も応じた。

そのままお鶴は、行き過ぎて行った。

立ち止まったままの新五郎は、振り向きたいという気持ちに駆られた。どうにかそれを、抑えつけた。

すでに縁のない者になったと、自分に言い聞かせたのである。

お鶴は、町人の出ではなかった。家禄二百五十俵の無役の小旗本都築貞右衛門《つづきさだえもん》の娘だった。いったん他家へ嫁いだが、離別となって惣太郎と再婚した。前の連れ合いとの間にも、子どもはなかった。

ただそのあたりの詳細については、新五郎は知らない。兄から聞いたことはなかった。

知りたいとは度々思ったが、尋ねる機会はないままだった。なぜかは分からないが、問いかけることができなかった。聞いてはいけないのだと感じていた。

都築家は、髙田屋の札旦那ではない。お鶴が今、どのような暮らしをしているかについては、知る由もなかった。

墓の前に行くと、活けられたばかりの花が供えられていた。


天王町の店に戻ると、仏間で線香をあげている札旦那の姿があった。神妙に両手を合わせている。

「どうしても、拝ませてほしいというのですよ」

と平之助は、苦々しい顔で言った。

「いいじゃないか。兄さんも喜ぶだろう」

新五郎は、即座に応じた。兄の商いは厳しいように見えたが、札旦那との関係は悪くはなかった。功刀源六などは、いい例である。

惜しむ者がいるのは、不思議ではなかった。

「いや。そんなに甘いものではありませんよ」

平之助はさらりと応じた。

それで、かなり不快な気持ちになった。人の気持ちを、嘲笑《あざわら》っているように感じたからだ。

「すべてではありませんけどね。中にはああやって悲しむふりをして、情絡みで金を借りようとする手合いもありますから」

「ふうむ。そういう者もいるのか」

半信半疑で聞いた。

両手を合わせていたのは、四十半ばの歳の家禄七十俵の無役の者だった。狸《たぬき》を彷彿《ほうふつ》させる面差しをしていた。

「ありがとうございます」

新五郎は、若旦那という立場で礼を言った。

「いやいや、兄上殿には世話になった。そこでだがな、二分ばかり用立てをいただけないか。惣太郎殿であれば、心安く応じてくれたであろう」

これを聞いて、真っ先に耳に蘇《よみがえ》ったのは、今しがた聞いた平之助の言葉である。一気に気持ちが醒《さ》めていた。

「ご焼香には御礼をいたしますが、その件については別でございます。お店にて、対談方とお話しくださいませ」

と返した。

対談方とは、貸す貸さないについて話し合いをする手代のことをいう。

「なんだ。人の情をわきまえぬ者だな」

むっとした顔で言った。狸の目に苛立《いらだ》ちがある。

新五郎は無言で頭を下げた。何であれ相手は武家で、客でもあった。

しかし頭を下げながらも、金にいじましい札旦那を軽く見ている自分に気が付いていた。

四

昼過ぎになって、新五郎の叔父と叔母の夫婦がやってきた。弥惣兵衛は三人兄弟で、弟は米問屋へ婿にゆき、妹は札差の家に嫁いだ。

惣太郎の月命日ということで、線香をあげにきたのだが、目当てはそれだけではなかった。両親と二組の夫婦の六人がいる仏間へ、新五郎は呼ばれた。父も札差仲間の寄合いから戻っていた。

「お前も髙田屋の跡取りとなった。気を入れて商いに励まねばならぬ」

とまず口を切ったのが叔父の弥三郎《やさぶろう》だった。髙田屋が代理受領した米を、大量に仕入れる店の主人でもある。

父とは実の兄弟だから、面差しがよく似ていた。

「惣太郎さんは、腰を据えて商いに当たっていた。何があっても動じないから、狡《ずる》い札旦那も無茶を言えなかった。まったく残念でならない。そこへゆくと新五郎さんは少し心もとないですね。嘗《な》められるようなことはありませんか」

これを言ったのは叔母のお品《しな》だった。昔から、歯に衣着せない物言いをする。新五郎にすれば苦手な叔母だ。

兄には、何をやってもかなわないと思っている。だから今さらそれを言われても、返事のしようがなかった。

「惣太郎さんのことは返す返すも残念だが、事情が変わったわけですからな。新五郎さんも、気持ちを切り替えておやりになるでしょう」

これはお品の連れ合いの言葉だ。

新しく跡取りになった自分に、親族の者たちは少なからず不安や不満を感じている。頼りない者に見えるのだろう。それは言われなくとも、日頃の接し方で察していた。これが一同の自分への評価なのだと改めて感じた。

兄がいたから露骨に言われることはなかったが、今はそうはいかない。

「はあ」

煮え切らない言葉が、口から出た。

「そこでだ。お前も女房を持たねばなるまい。そうすれば、腰も据わるのではないか」

「ええ、本当に。それでね、髙田屋の嫁に相応しい、いい娘がいるんですよ」

弥三郎に続いて、お品が口を出した。他の者たちが、頷いている。

「よ、嫁を取るのですか」

頓狂な声になったと、自分でも分かった。いつかはあるにしても、それは遠い先のことだと感じていた。

「向こうも、髙田屋さんなら喜んでと言っている」

「そりゃあ、いい話だ」

お品の言葉に、弥三郎が応じた。弥惣兵衛もお邑も、これに異を唱える気配はなかった。

「では、話を進めましょう」

上機嫌な声で、お品は応じた。

これは、新五郎の意見を聞いたのではなかった。すでに話は決まっていて、こうするぞと伝えてきたのに他ならない。

「はあ」

またしても口から煮え切らない言葉が出たのは、自分でも情けなかった。

このとき、お邑が口を開いた。

「そうそう。徳恩寺へ行ったところで、お鶴とすれ違いました」

嫁ということで、思い出したのかもしれない。

「ほう。あの女子、達者にしておりましたか」

弥三郎が応じた。口ぶりに、冷たいものを感じた。

「まあ、そうではないですか」

あいまいな様子で応えた。

「いいではないですか。出て行った者のことは」

そう言ったのは、お品である。他の者も頷いている。

惣太郎が亡くなった後、お鶴の身の振り方が問題になったのは、新五郎も知っている。実父の都築貞右衛門が何度か店にやってきた。こちらからも浜町河岸《はまちょうがし》際の屋敷に出向いていた。

ただ若旦那となったばかりの新五郎は、そのへんの経緯については、蚊帳の外だった。札差仲間や卸先の米問屋などへの挨拶廻り、またしなければならないこと、覚えなくてはならないことがいっぱいあった。

関わるどころではなかったのである。

店を出てゆく前日になって、母から実家へ戻るむねを知らされた。

「うちに置いておいてもいいが、都築の家へ戻す方が、あれのためになるだろうからね」

と母は言った。額は口にしなかったが、お鶴の身が立つような金子を持たせたと言い足した。

何やら寂しい気がしたが、兄が亡くなった以上仕方ないと新五郎は思った。

「うまくやっていますよ。あの人ならば」

お品が言った。お鶴は、縁者からは好まれる嫁ではなかったらしい。端から見る限りは落ち度のない暮らしぶりに見えたから、新五郎にしてみれば意外だった。

叔父叔母夫婦が引き揚げてしばらくした頃、同じ蔵前の瓦町《かわらまち》で札差をしている駒江《こまえ》屋《や》庄左衛門《しょうざえもん》が訪ねてきた。親類ではないが同業ということで、惣太郎のために線香をあげに来たのである。

父弥惣兵衛よりも二つ年上の五十三歳、恰幅《かっぷく》のいい切れ者といった印象の人物だった。高田屋よりも、多数の札旦那を抱えている。

「これはこれは」

弥惣兵衛も、出迎えに出てきた。

駒江屋は、阿漕《あこぎ》な札差だという声が蔵前界隈《かいわい》にある。この店は、五年先の禄米まで担保にして金を貸す。しかし内々には、その先の米まで担保にして貸しているとの話を聞いた。公にしない貸借だから、利率は年二割五分を超す高利だという噂《うわさ》だった。

幕府は、棄捐令以降の札差貸付金の公定利息を一割二分と定めている。

「ええ、噂は本当でしょうね」

前に平之助に尋ねたとき、あっさりと返事が返ってきた。

困窮した札旦那は、高利と知りつつも金を借りてゆく。そして御家人株を売らねばならないところまで追いつめられる。その御家人株の売り買いにまで関わると、平之助は言った。

「儲かればいい。という考えでしょうね」

御家人株を売れば、その一家はもう幕臣ではなくなる。禄も失って浪人となるわけだが、それは知ったことではない。株を買った新たな御家人が札旦那になれば、商いは続けられるという考え方だった。

駒江屋は、棄捐令の折には二万五千両を超す回収不能金を出した。この損失の穴埋めを、急いでいるのかもしれない。

「きっともう、かなり取り戻していますよ」

というのが、平之助の予想である。

駒江屋は、仏壇の前で分厚い両手を合わせた。

「お心を、強くお持ちなさいよ」

挨拶に出たお邑には、優しげに声をかけた。この男、悪評もあるが義理堅いところもある。通夜や葬儀の折は、札差仲間の中では真っ先に顔を出し最後まで残っていた。新五郎が跡取りとして挨拶に出向いたときは、正絹の紋服を祝いによこした。大きさもぴったりで、手際の良さに驚いた。

敵に回せば、面倒な男なのかもしれない。

弥惣兵衛とは、米相場の話をした。夏切米があった直後から、米の値が上がった。東北が空梅雨ということで、作柄が不安視されたからである。

「すぐに卸さずに残した問屋は、一儲けしたようですな」

と駒江屋は言った。

話が済んだところで、横にいた新五郎にも声掛けをしてきた。

「惣太郎さんには、甘いところがあった。あんたは、しっかりおやりなさい」

それで立ち上がった。

「えっ」

耳を疑った。惣太郎には、やり手の若旦那という評判がある。親類の者たちも、悪くは言っていない。新五郎もそう感じていたから、今の言葉には魂消《たまげ》た。

何を言い出すのかと見返したが、気にするふうもなく仏間から出て行った。「甘い」と言ったわけを聞きたかったが、それはできなかった。

父もその言葉を聞いていたはずだが、何も言わなかった。

ともあれ、店先まで見送った。改めて問う機会はなかった。

「おかしなものだな」

人によって、ものの見方が変わるのは珍しいとは言えない。しかし惣太郎を評する言葉としては、的外れな気がしたのである。

いつか尋ねてみようと、新五郎は考えた。

五

「若旦那、ちょっと」

手代の六造に呼ばれて、自分のことだと気が付くのに一呼吸ほどの間があった。もう三月目になるが、まだその呼ばれ方に慣れてはいなかった。

気持ちがふわふわして、嬉しいわけではない。頭では分かっているが、しっくりこないのである。新五郎にとって、若旦那はいまだに惣太郎だった。

店の中が閑散としている。珍しく札旦那の姿がなかった。門伝が言っていた通り、切米が済んだ四日後、さっそく金を貸せと言ってきた札旦那がいた。切米によって得た金子は、右から左へ瞬く間に消えたそうな。貸せる相手だったので、六造と相談して一分だけ貸した。

今日は昼前に一人来たばかりで、手代たちは手持無沙汰にしていた。そこで新五郎は店から抜け出した。

一刻か一刻半（約三時間）、息抜きをしようと考えたのである。幸い雨は降っていなかった。

蔵前通りを南に歩いて、神田川を渡った。足が向いた先は、両国橋西橋袂《たもと》の広小路だった。手代の頃は、暇を見つけてはやって来ていた。

にわか造りの見世物小屋や露店が並んでいる。雨では商いができないが、降らなければ一斉に店開きをする。大道芸人にしても同じことだ。

彼らも、稼ぐために必死だった。

雨でくさくさしていた人たちも、繁華な場所を求めてやって来る。橋袂の広場は賑《にぎ》わっていた。

活気あるここの空気を吸うと、新五郎はほっとした。

丸太を筵《むしろ》で囲った小屋では、手妻が行われている。籠の鳥が一瞬にして、消えてしまうというものだった。顔見知りの木戸番が、声を上げて客を募っていた。

興行主は、羽衣屋《はごろもや》天祐《てんすけ》という者だ。

新五郎は小屋の裏手に廻って、筵の中へ入った。

「おや若旦那、お久しぶりですね」

浴衣の上に法被《はっぴ》を纏《まと》った四十絡みの男が声をかけてきた。日焼けした顔の真ん中に、鷲鼻《わしばな》がでんと控えている。両国広小路では、見世物や小芝居の興行をする親方として、知られた男だった。

十三歳のときから、新五郎は羽衣屋の小屋に出入りをしている。小屋の面々で、知らない者はいなかった。

羽衣屋を強請《ゆす》ろうとしてしくじった破落戸が、浪人者を交えた仲間十名ほどと連れ立って襲いかかってきたことがある。そのときは鬼のような形相で、反撃をした。両国広小路で小屋掛けをしているすべての者が、仲間に加わった。十六歳だった新五郎も、木刀を持って駆けつけた。

破落戸たちは、ほうほうのていで逃げ去っていった。地廻りの親分も天祐には一目置いている。

「手妻は、ずいぶん人が入っているようですね」

客席の方から、手を叩《たた》く音が聞こえてきた。

「いやいや、それほどでもありませんよ。派手なことをすれば、すぐにとっ捕まる。みんなむしゃくしゃしているんですよ。質素倹約だけじゃあ、息が詰まりますからね」

と羽衣屋は言った。

この数年、老中松平定信のご改革が続いている。棄捐令もその一つだ。町にすっかり活気がなくなった。

「偉い人が替われれば、また元のようになるのでしょうが」

つい口をついて出たが、大きな声では言えない。

「どうです、若旦那稼業は」

羽衣屋が問いかけてきた。

「あんまり、愉快そうな顔つきじゃあないが」

と付け加えた。

「まあね。面白おかしく暮らしちゃあいませんよ。金貸しは、どうも性に合わない」

つい本音が出た。

けらけらと、羽衣屋は笑った。

「それは、新五郎さんの腰が定まっていないからですよ。嫌ならば家を出て、うちへ来ませんか」

ためらわず言った。いたずらそうな目が、こちらに向けられている。

図星を指されて、少しどきりとした。

「いや」

その覚悟もなかった。髙田屋を捨てることなどできない。駒江屋は惣太郎を甘いと言ったが、兄のようになれる自信もなかった。

「手妻を見て、気分を変えたらどうですかい」

勧められるままに、木戸口へ行った。木戸番をしているのは幸助《こうすけ》という十七歳になる若い衆だ。つの口で、顎が尖《とが》っている。狐《きつね》を彷彿させる顔をしていた。

「木戸銭なんて、いりませんよ」

幸助は言ったが、ちゃんと払った。ついでに小遣いもやった。嬉しそうな顔で受け取った。

籠の鳥は、かけられた風呂敷を取ると本当にいなくなった。一羽の小鳥が、二羽にもなった。

「ありゃあ、袂に隠しているんだぜ」

と言った者もいたが、四半刻《しはんとき》（約三十分）ほど楽しむことができた。

表に出たところで、目の前すぐ近くを三十代半ばといった年頃の侍が通り過ぎた。浪人ではなさそうだが、疲れた木綿物を身に着けていた。手には合切袋《がっさいぶくろ》をぶら下げている。

「あれは」

すぐに気がついた。札旦那の功刀源六だった。目当てがあって歩いて行く様子だ。

金を借りることができず、惣太郎に捨て台詞を吐いて店を出て行った侍である。しかし先日の夏切米では、新五郎に兄の死を悼む言葉を述べた。

何があったのかと、気になったところだった。

「つけてみるか」

店に戻ったところで、用があるとも思えなかった。ほんのいたずら心である。

功刀は見世物小屋には目も向けず、広場を抜けて馬喰《ばくろ》町の通りに入った。そのまま歩いて立ち止まったのは、神田小泉《こいずみ》町の間口二間の小さな店の前だった。

店とはいっても、商いはしていない。造りからして、小料理屋らしかった。

何か言いながら、中へ入った。

無役とはいえ、二本差しの直参である。飲み食いの払いでもしにいったのかと思ったが、そうではなかった。

離れたところから見ていると、すぐに外へ出てきた。嵌《はま》っていた腰高障子を外した。障子紙は、張り替えたばかりのもので真っ白だ。

「いったい、何をするのか」

不審に思っていると、功刀は合切袋から太めの筆を取り出した。借りた茶碗《ちゃわん》に、持ってきた墨を注いだ。

筆にたっぷりの墨を染み込ませると、ふうと息を吐《つ》いた。そして筆を動かした。穂先が紙の上を走ってゆく。

「おお」

何ができるのかと思いながら見ていた新五郎だが、功刀が筆を上げたときには驚嘆の声が漏れた。

『小料理ひょうたん』という文字が、太く細く枯れた筆致で記されていた。誇張された瓢箪《ひょうたん》の絵まで添えられている。達筆というだけではない。可笑《おか》しさと味わいが文字と絵にあった。

そしてさらに、大振りな提灯《ちょうちん》を広げた。これにも同じものを、さらさらと書きつけた。

「看板書きをしているのだな」

と悟った。

功刀にこのような技があるとは知らなかった。新五郎は仰天している。

出来上がると、功刀は主人らしい親仁《おやじ》を呼んだ。

顔を出した中年の親仁と女房らしい女は、驚きの様子で書かれた文字と絵に目をやった。そして顔を見合わせて、笑みを浮かべた。出来上がったものに、満足をしたようだ。

親仁は、半紙に包んだ金子らしいものを功刀に手渡した。看板書きの、駄賃に違いなかった。

嬉しそうに、功刀は懐に押し込んだ。

筆を洗うと、道具を合切袋にしまい込んだ。親仁と何か少し談笑してから、小料理屋を後にした。

そこにいたのは、四半刻ほどのことである。

「功刀様」

ここで新五郎は声をかけた。

「髙田屋の若旦那ではないか」

「すみません。ちと通りかかりましたら、見事な筆さばきを拝見いたしました。それでお声掛けをしたわけで」

両国広小路からつけてきたとは言えないので、そう伝えた。

「そうでござったか。いや恥ずかしいところをお見せした」

功刀は、いたずらを見つけられた子どものような顔をした。苦笑いを浮かべている。

「あれならば、きっと客が集まって参りますよ」

と世辞ではなく、新五郎は言った。

「ならば重畳でござる。看板書きの内職はな、実は惣太郎殿に勧められて始めたのだ」

思いがけないことを、功刀は口にした。

「兄さんがですか」

「そうだ。それがしの文字を見てな、やったらどうかと言ってきたのだ。手始めにやったのが、浅草寺《せんそうじ》門前近くの煮売屋の看板であった。惣太郎殿が、口利きをしてくれた」

「さようで」

可笑しなことを勧めると思った。

「そのときも、なかなか評判が良くてな」

口から口に伝わって、頼まれるようになったとか。

「どれも同じようというわけにはいかぬからな、少しずつ変えるようにしている。面白いぞ」

と功刀は、晴れ晴れとした顔で言った。

惣太郎はこれについて、店では誰にも話していない。新五郎は、酔狂なことをすると考えただけだった。

六

「そろそろ梅雨が明けてほしいですね。じめじめしていけない」

吹き出る汗を拭いながら、手代の狛吉が言った。二年先の禄米まで担保にしていた札旦那に、さらに貸せと粘られて、ようやく追い返したところだった。手拭いで、額と首の汗を拭った。

すでに六月に入っている。

髙田屋にいる四人の手代は、一番若い六造が十九歳で年嵩の太助が二十九歳だった。その間に二十三歳の狛吉と二十五歳の染次がいる。

六造と太助は、十歳そこそこで髙田屋へ奉公にやってきた。小僧をへて手代になった者である。

だが狛吉と染次は違った。初めから手代として、店に入った。

腕っぷしがあって、勇み肌の若者だ。おまけに弁も立った。手のかかる乱暴者の札旦那の相手を主にした。

借金の申し入れをして色よい返事がないとき、わざと刀を抜いて反り具合を見たり、手入れをしたりする者がいる。これが目に入らぬかと言わぬばかりの態度だが、向こうにしてみれば脅しているのではないとの言い分だ。

武士の魂を改めただけ、ということになる。

しかし目の前でやられる方はたまらない。ぶるっと背筋が震えて、言いたいことも満足に言えなくなる場合もある。しかしこれらの者もぴしゃりと抑えられなければ、札差稼業などやっていられない。狛吉や染次は、相手が何をしても怯むことはなかった。

「若旦那、ちょっといいですか」

六造が、新五郎に声をかけてきた。

平之助は奥の部屋で弥惣兵衛と話をしている。そうなれば、相談を受けるのは若旦那である新五郎の役目だった。六造は、手代になってまだ半年ほどにしかならない。手間のかかる札旦那の受け持ちにはなっていなかったが、今日の相手とはもう半刻以上も対談を続けていた。

宇梶彦之助《うかじひこのすけ》という三十四歳になる、家禄百二十俵の無役の御家人である。長身で肩幅がある。見るからに胸厚で、鍛えた体であるのは衣服を着けていてもよく分かった。

馬庭念流《まにわねんりゅう》の達人でもあるが、乱暴者ではなかった。物言いも穏やかで、これまでは無茶を言ってきたことは一度もなかった。

昨年末まで新五郎が対応をしていたが、六造が手代になったとき、引き継がせたのである。

「なかなか、ご納得がいただけなくて」

六造は、困惑の表情を向けた。

すでに二年先の禄米まで、担保にして金を貸していた。高田屋としては、貸せない相手である。

「そういえば、昨日も来ていたな」

「はい。もう何度もお話ししたんですけども、聞いていただけません。何でもお子さんが病で、薬を飲ませたいとのお話でして。かなり焦っておいでです」

新五郎は気付かなかったが、やって来たのは昨日だけでなく一昨日も姿を見せたそうな。

「今日は、昨日までとちょっと違います。何としてでもという意気込みです」

「そうか」

宇梶には、十歳前後の娘がいたはずである。よほどよくないのだろうと察しがついた。しかしここで貸し出しを許せば、他の札旦那は黙っていない。歯止めが利かなくなるのは、目に見えていた。

駒江屋のようにかまわず貸すというやり方を、高田屋はしない。かえって札旦那を追い詰める。それは長い目で見れば、店のためにならないという考えだ。目先の利益は追わないことにした。再び棄捐令が出て、一万両もの損失を出したら、高田屋は立ち行かないだろう。

「これは宇梶様」

六造を横に置いて、新五郎は長身の札旦那に向かい合った。

「なんとしても融通をいただかねばならぬのでな。理屈は分かったが、そこを曲げて頼みたいというわけだ」

苛立ちを抑えて、言っている。よほど追い詰められている模様だ。

「お嬢様の具合は、およろしくないのですね」

ともあれ、事情だけは聞いてやるつもりだった。娘は労咳《ろうがい》で長患いをしているということを、前に話していた。向かい合って思い出した。

「かかりつけの医者に、南蛮渡来の妙薬が入った。だがそれが高値でな。また量も限られているとかで、いつなくなってしまうか分からぬ」

「その薬は、効くのでございますか」

「うむ。飲んだ者は、日ごとに顔色もよくなり、咳《せき》も止まるとか」

「なるほど」

宇梶は焦っている。気持ちが分からないわけではなかった。

心情的には、貸してやってもいいところだ。六造もそう考えるから、新五郎に話を持ってきたのである。

「で、お望みの金高は」

「十両。いや、八両。七両でもかまわぬ」

これでは、貸せない。しかし内々で、見舞い金ぐらいは出してもいいと新五郎には腹づもりがあった。ただその額は、せいぜい一分か二分といったところである。話にならなかった。

「禄米の担保が、二年先から三年、いや五年先まで伸びようと、娘の病が良くなるならば、わしはそれでかまわぬのだ。それに他の店では、貸すところもあるそうではないか」

「はい。ございます。しかしうちは、そのお店とは商いの仕方が異なります」

「何を、己に都合のよいことばかりを申しておるのだ。ただの貸し渋りではないか」

「………」

宇梶の言葉を聞いて、ふと自分は阿漕な札差なのではないかと感じたのは不思議だった。確かに二年先までと区切っているのは、棄捐令で懲りたこちらの都合である。返答に窮したとき、新五郎が考えるのは、惣太郎ならどうするかということだった。しかしそうなると、気持ちが変わった。

「商いは、情に流されてはだめだ。金を貸す稼業は、あるところでは腹を括《くく》らねばならない」

という兄の言葉が、耳の奥に残っていた。非情になろうと腹を決めた。これは商いだと、自分に言い聞かせた。

「できません。お引き取り下さいませ」

あくまでも穏やかにいい、丁寧に頭を下げた。

「そうか。ならば蔵宿を、替えるしかあるまいな」

と宇梶は言った。苦し紛れの言葉に聞こえた。新五郎は応じた。

「それは宇梶様の勝手でございます。ですがそのためには、これまでの貸し借りについて、すべてご返済いただいた上でなければできません」

当然のことを、口にしたつもりだった。借金を残して、他の札差に移るわけにはいかない。

話を持ちかけられた札差は、まず借財を残して移ってきたのではないことを確かめる。金を貸す者がなによりも怖れるのは、貸金の取りはぐれだ。元の店で金を返しきれない者が、新たな店で返せるわけがない。

ただ新五郎の言葉は、宇梶を追い詰めたらしかった。口元が引き攣《つ》ったのが分かった。

他の言い方をすればよかったと後悔したが、遅かった。身動きできないことを、改めて伝えたようなものだ。

「そうか」

宇梶は呟《つぶや》いてから、ふうっと息を吸い込んだ。悲しげな顔になって続けた。

「ならば、押し込みに入るしかなさそうだ」

そう言うと、立ち上がった。脅しで口にしたのではなく、自分に言い聞かせたのだと新五郎は聞いた。

何かを言うべきではないかとも思ったが、言葉が出てこなかった。目を合わせることもなく、宇梶は店から出て行った。

「ありがとうございます」

六造が、声を張り上げた。ほっとした響きが、声にあった。

「さすがに若旦那ですね」

宇梶の姿が見えなくなったところで、六造が言った。

新五郎は、ため息を一つ吐いた。本当に押し込みをするとは思えないが、後味は悪かった。

その夜、ざっと雨が降った。雷もあって、翌朝はからりと晴れ上がった。空の様子が、前日までとは全く違っている。日差しが目に痛いほど強かった。

梅雨が明けたのである。

七

弥惣兵衛のお供で、新五郎は浅草三好町《あさくさみよし》にある料理屋へ行った。十二畳の部屋四つの襖《ふすま》を取り払って、そこに七十人ほどの札差の主人が集まった。

札差仲間の寄合いだ。昼食を兼ねた親睦の宴も行われる。

新五郎はここで、高田屋の新しい跡取りとしてお披露目された。親しい店には弥惣兵衛に連れられて行ったが、すべての店に顔出しをしたわけではなかった。

全体へのお披露目は、今日が初めてになる。

「お引き立てのほど、よろしくお頼み申します」

集まりの差配をしたのは、駒江屋庄左衛門である。そう言って頭を下げた。新五郎もこれに倣《なら》っている。

切れ者の若者とか、先が楽しみだとか、駒江屋は出まかせを口にした。主人たちは二十代後半から六十過ぎとおぼしい者まであって、一斉に目を向けられた。羽衣屋の見世物小屋で、客の前に立たされたような気持ちだった。

惣太郎が思いがけない死に方をしたから、その分の関心はあったようだ。

「まあ、しっかりおやんなさい」

声をかけてきた者もあった。どうでもいい、といった気配の者も中にはいた。

四半刻、お上のお達しやら報告といったものがあって、それから膳が運ばれてきた。新五郎は主人ではないから、宴席には加わらない。

「惣太郎さんには、甘いところがあった」

前に店に来た駒江屋は、仏壇に線香をあげた後そう言った。この言葉は、ずっと新五郎の頭に残っていた。

なぜそう言ったのか。問いかけたい気持ちがあったが、酒が出ると座が乱れた。かなりの数の芸者衆も入ってきている。

尋ねる機会もないまま、新五郎は料理屋を出た。

完璧に見えた兄のどこが甘いのか。喉の奥に小骨が刺さったような気持ちは、まだ消えない。


その日、商いが終わった後で、新五郎は両国広小路に近い小料理屋で御徒目付の友人門伝と酒を飲んだ。

前から、一杯やろうと話していたのである。

門伝が部屋住みで、新五郎が手代だったときは、誘い合わせてよく酒を飲んだ。門伝はいつも素寒貧で、豊富に小遣いをもらっていた新五郎がおごってやった。

中西道場での剣の腕前は五分五分。向こうは一つ年上で武家だが、気さくな男だった。気持ちの上では対等の付き合いをしていた。

猪口《ちょこ》一杯ずつ飲んだところで、新五郎は昼間あったお披露目の話をした。

「札差の集まりで出る酒ならば、さぞや上物が出たのであろうな」

門伝は酒好きだから、関心はそこへ行った。さらに続けた。

「何しろかつては、十八大通《じゅうはちだいつう》と呼ばれた分限者ばかりだからな。今はそれほどではないにしても、宴席ともなれば小判が降って芸者衆が大騒ぎをしたのではないか」

真顔だった。

「まさか。芸者衆は出るが、小判を撒《ま》く者など一人もいませんよ。それは棄捐令の出る前までの話です」

新五郎は、笑いをこらえながら言った。

旗本や御家人の家禄を担保に金を貸し、札差は巨利を得た。武士たる者が、町人に頭を下げて金を借りた。借りれば借りるほど、後になってさらなる困窮が襲った。

武家に比して、田沼時代の札差は江戸の代表的な富豪といえた。

銀の針金を拵え、使い捨ての元結とした者は、髪結い床の上げ板を壊し「これで普請せよ」と小判を撒いた。一日の博奕《ばくち》で、千二百両と角屋敷の沽券状《こけんじょう》を賭けた者もいた。

吉原《よしわら》の全盛の遊女を金にあかせて買い上げ、大勢の面前で散々に打ちすえて別れを告げた慢心者もいる。大金を投じた遊女に、こんな乱暴な別れ方もできるぞと見栄を張ったのである。また素人芝居にのめり込み、自分の屋敷を芝居がかりに建て直し、衣装や持ち物までそっくりに揃えたお調子者もいた。

桁外れの無駄遣いである。馬鹿馬鹿しいほどの浪費といえた。

これらは直参の札旦那から、長年にわたって絞り上げてきた利息によってなされた財がもとになっている。

大昔のことではない。数年前までの話だった。

「そういうことをしているから、棄捐令などといったものが発せられたのです。札差はどこも皆、懲りています。何しろうちあたりでも、一万両以上の金子を失っています」

「だから、貸し渋るところが多いわけだな」

「渋っているのではなく、商いを守っているのです」

言いながら、自分が札差に肩入れしていることに気が付いた。少しは若旦那らしくなったのかどうかは分からない。

酒が進んで行く。

新五郎は、昼間やってきた宇梶とのやり取りについて、門伝に話した。今になっても、気持ちの隅に残っていた。

「なるほど。押し込みに入るしかない、か。まあ、不器用な侍では、そこまではないだろう。しかし腕が立つならば、追剝《おいはぎ》くらいはするかもしれぬ。何しろ追い詰められれば、鼠《ねずみ》も猫を咬《か》むからな。何でもするだろう」

話を聞いたところで、門伝は言った。

「まさか」

「いや、魔が差して盗みをした御徒衆も少なからずいるぞ」

そういう例を、二つ挙げた。どちらも奪った金子は少額だが、相手に怪我を負わせた。死罪にはならなかったが、禄を召し上げられた。浪人となったのである。

「いずれも金に困っていなければ、そういうまねはしない者たちだ。借財が多くて、札差からも相手にされなかったそうだ」

滅入る話を聞いたと思った。面白くないので、中西道場の門弟の噂話をした。その方が面白かった。羽衣屋の小屋で見た、鳥が姿を消す手妻の話もした。

一刻半ほど飲んで、いい気持ちになった。

夜更けた町を、浅草御門を渡ったところで新五郎は門伝と別れた。町木戸が閉まる四つ（午後十時頃）にはまだ少し間のある刻限だ。明かりが灯《とも》っているのは、酒を飲ませる店くらいのものだった。

人通りは少ない。だが皆無ではなかった。

数年前と比べると、蔵前通りも寂しくなった。田沼様の頃は、夜更けても町には明かりが灯っている家がもっと多かった。そんなことを考えながら、天王町の髙田屋へ向かった。

昼間の暑さが、ようやく収まった。吹いて行く風が、心地よかった。

慣れた道だから、提灯などは持っていない。たまに灯っている店の明かりがあれば、充分だった。

「はて」

やや歩いたところで、立ち止まった。浅草瓦町のあたりである。ここには札差の店もあるが、米問屋もある。重厚な建物の大店が並ぶあたりだった。

その一軒の建物の前に、黒い人影が見えたのである。もちろん、提灯など手にしていない。

新五郎は目を凝らした。人影は三つだ。建物の様子を探っているかに見えた。その中の一人は、腰に二刀を差している。長身の侍だった。

間口六間半の店の軒下である。老舗の米問屋常州屋《じょうしゅうや》だ。

そのとき道の向こうから、提灯を手にした酔っ払いが歩いてきた。千鳥足で、鼻歌を口ずさんでいる。

この男が、常州屋の斜め前で立小便を始めた。提灯の淡い明かりが、軒下の者たちを照らした。

　すると男たちは、その明かりを避けるように軒下から通りに出た。浅草寺の方向に、足早に歩き去ったのである。慌てた気配があった。

「あれは」

　新五郎は呟いた。ちらと明かりの当たった長身の侍に、見覚えがあった。先ほど門伝と話題にした、宇梶ではないかと思ったのだ。

　ほんの一瞬のことだ。けれども気になった。

　明かりが当たったと同時に、慌てたように立ち去って行った。まるで押し込みの下見をしているように感じたのである。

八

　朝目が醒めた新五郎は、昨夜の酒がまだ体に残っているのが分かった。少し飲み過ぎたかもしれなかった。

　顔を洗い、井戸の水をごくごく飲んだ。ぬるい水だが、それでもだいぶすっきりした。朝から強い日差しが、建物や地べたにあたっている。

　そこでまず頭に思い浮かんだのが、宇梶彦之助の顔だった。

昨夜はだいぶ酔っぱらっていた。だから米問屋常州屋の軒下にいた侍の一人が、宇梶であるかどうかについては、確信がない。またそうだとしても、たまたまあの場にいただけかもしれない。

探っているように見えたのも、提灯を持っていない者たちだったので、そう感じただけに過ぎないのかもしれなかった。

当の自分だって、明かりなしで歩いていた。

ただ気になるのは、借金を断った折の『押し込み』に関する言葉と、門伝から聞いた盗みをした直参の話が頭にあるからだった。追い返す直前に、配慮のない物言いをしてしまったという後ろめたさも加わっている。

店を開けると札旦那たちがやって来た。ただ夏切米が終わって一月たたないうちだから、そう大勢が来るわけではなかった。

「昼までには戻るから」

手代の六造にだけ伝えて、新五郎は店を出た。

宇梶の屋敷の様子を、見てみようと考えたのである。札旦那の屋敷へ行くのは、門伝のところを除けば初めてだ。これまでは、札旦那がどのような暮らしをしていようと、関心を持ったことはなかった。

人や荷車の行き交う蔵前通りを足早に歩いた。空には、入道雲が聳《そび》え立っている。蟬《せみ》の音が、どこかから聞こえてきた。

米問屋常州屋の前を通り過ぎた。店の前に荷車が停《と》められて、米俵が積み込まれていた。小僧たちの動きには無駄がない。店を出入りする商人の姿も見えた。繁昌している様子だった。

米商いだけでなく、いくつもの家作を持つ大身代だという噂を、新五郎は聞いている。盗賊の押し込み先としては、適当な相手なのかもしれないと思われた。

両国広小路へ出る。朝のうちは、まだ仮小屋はできていない。近隣の農家から出てきた百姓たちが、野菜の市を開いていた。

両国橋を、東へ渡った。

宇梶の屋敷は、本所南割下水《みなみわりげすい》を横川の方へ歩いたあたりだと聞いていた。

本所御竹蔵の東から横川まで、真っ直ぐに流れる水路だ。幅二間、長さ十五丁があって、広大な武家地を二分していた。このあたりには大名や大身旗本の屋敷もなくはないが、おおむねは少禄の御家人の屋敷が並んでいた。

「古い屋敷が多いな」

麴町《こうじまち》や神田あたりにある屋敷とは趣が違う。古いだけでなく、建物にしても土塀や垣根にしても、手入れの行き届かないものが目についた。

庭では野菜を植えている。花を育てている家は少なかった。花では食えないが、野菜ならば家計を助ける。

しばらく歩いてから、新五郎は気が付いた。

髙田屋の札旦那でも、この界隈に住んでいる直参は、無役が多いことを思い出した。棄捐令で古い借金が帳消しになり、溜まった利子の支払いから解放された。だが、一、二年もしないうちに、新たな借金をするようになった。家禄は変わらない。実入りが増えず物の値が上がれば、暮らしが楽になるわけがなかった。無役の者の多くは、すぐに先の年度の禄米を担保に金を借りるようになった。

皆、役付きになることを望んでいる。お役に就けば役料が得られ、出世の糸口も見えてくるからだ。貧困から脱出する手掛かりになるが、うち続く太平の世では、戦で武功を立てるようなわけにはいかなかった。

水路の北側をしばらく歩いたところで、中年の武家女が通りかかった。

「宇梶様のお屋敷はどちらで」

と尋ねると、指さしをして教えてくれた。新五郎は、屋敷の前に立った。

水路に面した二百坪程度の敷地である。一応冠木門《かぶきもん》だったが、かなり古くやや傾きかけていた。倒れかけたものを、素人が直したという印象である。

もちろんここも庭は畑になっていて、茄子《なす》が植えられていた。葉の間から、いくつか萎《しお》れたような実がなっているのが見えた。

屋根は瓦葺《かわらぶ》きだが、ずれた瓦の間から夏草が生えて日差しを浴びている。暮らし向きの苦しさは、尋ねるまでもなく伝わってきた。

声をかけるつもりはない。暮らしぶりを聞いても、新五郎にできることは何もなかった。少しばかりの銭を与えても、それは宇梶に対して失礼なだけだ。

門前から離れ、庭に目をやりながら垣根の傍を歩いた。

「おや、あれは」

建物の縁側に、小柄な人の姿が見えた。目を凝らすと、十歳くらいの女の子である。寝間着姿で色白、というより蒼ざめた顔に見えた。ぼんやりと座り込んでいる。様子をうかがっていると、ときおり弱い咳をした。

宇梶の娘だと察しられた。

明日をも知れぬ病ではないが、一年以上寝たり起きたりで過ごしていると聞いた。充分な滋養も摂らせてやれず、窶《やつ》れてゆくばかりの娘の姿を目の当たりにして過ごすのは、親にしてみればさぞかし辛《つら》いだろうと察しられた。

娘は手に、何か持っている。柄に朱色の珠《たま》のついたものだった。髪に挿したので、それが珠簪《たまかんざし》なのだと気が付いた。

幼くても女の子である。大事にしている気配がうかがえた。三十をやや過ぎたとおぼしい女が廊下に出てきた。母親らしい。何か話しかけると、部屋の中に入っていった。

宇梶の姿は、見えなかった。

貧しくても、娘は大事にされている。それは母親の笑顔を見て分かった。

新五郎はゆっくり歩いて、横川の方向に歩いた。

宇梶の妻女と娘の姿を見ることはできた。ともあれ目的を達したわけだが、何か物足らなかった。

一軒置いた次の屋敷で、隠居ふうの老人が門の周囲で草取りをしていた。

「精が出ますね」

新五郎は声をかけた。

「なに。放っておくと、すぐに生えてくる」

夏草の話を少ししてから、それとなく宇梶の娘の話をした。

「あまりよろしくないようで」

「うむ。なかなか良い薬を飲ませることもできぬからな。どこか湯治場へでも連れていければ、治りも早かろうが」

老人は応じた。

「宇梶様は、ずいぶんと子煩悩なようで」

「それはそうだ。他には、子に恵まれておらぬからな」

妻女の名は早紀《さき》、娘は由《ゆう》だと知った。かかりつけの医者は、本所亀沢《かめざわ》町の豊斎《ほうさい》という者だと聞いた。

そのまま、亀沢町へ行った。

豊斎は、四十半ばの町医者である。近所で聞くと、腕は悪くないが金のかかる医者だという評判だった。宇梶はかなり無理をして、娘をかからせたようだ。

新五郎は五匁銀二枚を懐紙に包んで差し出し、豊斎と面会した。

「娘ごの病は、おっしゃるとおりよくなっておりませぬ。何しろ労咳は、治すのに金がかかる。薬も高直ですしな」

「良い薬があると聞きましたが」

「さよう。しかしな、あのご仁には、その金子は出せないでしょう。そうでなくても、薬料などかなり溜まっておりますから」

慈姑頭《くわいあたま》の豊斎は、皮肉な笑みを口に浮かべた。

「では、いかほどあったら、薬は手に入るのですか」

「これまでの分も払ってもらって、十両ほどでしょうか」

腕組みをしながら、豊斎は言った。

宇梶は金を引き出すために、嘘を言ったのではなかった。金子の額も、あのとき口にしたものと重なった。

「高値のものでなくとも、薬はあるのでしょうか」

「さあ、前に渡した分は、すでになくなっている頃かと思います」

「では渡してやらなくてはなりませんね」

「薬代さえお払いいただければ、いくらでもお渡しします」

金がなければ渡さない、という話だった。胸に、苦《にが》いものが込み上げた。

新五郎の懐には、二分程度ならば入っている。当座の薬代程度ならば払えるはずだった。しかし一回だけそれをしても、意味はない。

医者の家を出た。

「宇梶は、押し込みをするのか」

歩きながら、呟いた。気にかかることではある。

ただそれは、あくまでも宇梶の問題だ。札差が関わることではないと感じた。

「兄さんだって、同じように考えるだろう」

惣太郎ならばどうするか。これが新五郎の考え方の、すべての出発点だった。

九

翌日、新五郎は父の代わりに、駒江屋へ書状を届けた。返答を聞かねばならぬということで、奉公人をやるわけにはいかなかった。

敷居を跨《また》いで店に入ると、三十歳前後の新造が金を貸してくれと話し込んでいた。札差へ女の客が来るのは珍しい。

いかにも貧しげな身なりだった。

居合わせた侍は興味深げに目をやるが、新造の方は気にする気配はなかった。切羽詰まっている印象だった。甲高い声を上げたが、何を言ったのか新五郎には聞き取れなかった。

「いやはや、参りました」

気がついて出てきた番頭が、耳元で言った。半分、嘲笑ってもいた。

「いや、初めてです。何でも旦那が大怪我をしたそうで。手当ての金が欲しいと言ってきたのですよ」

駒江屋ならば、五年先の禄米でも担保に取って金を貸す。それでも渋っているところを見ると、よほど高額の貸金になっているはずだった。

御家人株を売っても、それでも返しきれない額になったら、さしもの駒江屋も金は出さないだろう。

「どうしてもだめだというのならば、娘を売るしかありません。女衒《ぜげん》を、女衒を連れてきてください」

また甲高い声が上がった。今度は聞き取ることができた。

しかし対談をしている手代は、動揺しなかった。感情のこもらない目で、見返していた。

「ささ、奥へどうぞ」

番頭が、奥へ促した。新五郎は気になったが、履物を脱いで上がり框《がまち》を跨いだ。

庄左衛門の部屋へ行くと、店でのやり取りについては耳に入らなくなった。すぐに茶菓が運ばれてきた。

書状を手渡し、読み終えるのを待った。中身のことは分からない。知りたいとも思わなかった。

ただ見当はついている。札差株の移動についてである。棄捐令後、札差株はかなり値下がりした。しかしそれでも新規加入を求める者がいないわけではなかった。それに関わる話である。

「ご相談の件、承りました。とお伝えくださいまし」

わずかに考えるふうを見せた庄左衛門は、そう言った。これさえ聞けば、新五郎の役目は終わった。

頭にあるのは、先ほどの店先にいた新造のことだった。

世間話もそこそこに、頭を下げて部屋を出た。店に戻ると、先ほどの新造の姿はなくなっていた。

「あの人は、どうなりましたか」

先ほどの番頭に尋ねた。

「お引き取りいただきましたよ」

さらりと言った。もう忘れたかのようだった。

「女衒を呼んだのですか」

「まさか」

番頭は不快そうに応えた。そのまま続けた。

「娘を売るだの首を括るだの、脅しさながらを口にされる方は珍しくありません。どうなさろうとご勝手ですが、こちらには関わりのない話でございます。娘ごを売らねばならぬ羽目になったのは、あちら様のご事情でございます」

「なるほど」

駒江屋らしい理屈だと思った。

「髙田屋さんの、前の若旦那ならばなんとかしたかもしれませんが」

「ええっ」

何を言っているのかと、番頭の顔を見直した。前の若旦那というなら、惣太郎ではないか。

兄ならば、やはり切り捨てただろうと新五郎は考えている。

「どういうわけですか」

問いかけた。そういえば主人の庄左衛門は、兄を『甘い』と言っていた。

「いやいや、ご無礼を申しました。どうぞお気になさいませんように。本日は、まことにご苦労様でございました」

目は、応える気持ちはないと告げていた。小僧が、手早く履物を揃えた。

不満な気持ちを抱えたまま、新五郎は駒江屋を出た。いったい兄が、何をしたというのか。

どう考えても、腑に落ちなかった。

店に帰った新五郎は、兄が関わった商いの帳面を取り出した。札旦那ごとに、錠前のかかる箱に大切に保管していた。

一件一件、確かめた。

「御熱心ですな」

平之助が声をかけてきた。かまわず紙を捲《めく》り、文字を目で追った。

兄は追加の貸し出しを、一切してはいなかった。銭箱から勝手に金を持ちだすことなど、もちろんあり得ない。

「ではいったい、何をしたというのか」

新五郎には、見当もつかなかった。

「駒江屋の番頭さんから、おかしなことを言われましたよ」

出来事を伝えた上で、平之助に聞いてみた。何か、心当たりがあるかもしれない。

「さあ」

首を傾げただけだ。駒江屋の対応を、非難する言葉は出なかった。

兄は返済を猶予してやったわけでもない。それがあれば、帳面に記載するはずだった。

少しむしゃくしゃして、新五郎は裏口から店を出た。兄のことも、宇梶のことも、腑に落ちないままだ。

しかし昼日中、酒を飲むわけにはいかない。町を歩いていると、強い日差しに照り付けられるばかりだった。道端に、心太《ところてん》の屋台店が出ている。けれどもそれを食べたからといって、気持ちが晴れるとは思えなかった。

となると、行先は限られていた。足を向けた先は、両国広小路である。羽衣屋の見世物小屋だ。

小鳥を消してしまう手妻は見たから、天祐を訪ねた。

「まあ、ゆっくりしていきなせえ」

白玉と冷やした麦湯を振る舞ってくれた。

ここまで歩いてきただけでも、一汗かいた。甘い白玉はうまかった。何年も前から、夏になると馳走《ちそう》をしてもらった。

新五郎は駒江屋であったこと、また兄にまつわる不審について話をした。羽衣屋天祐は、地廻りとも互角に渡り合う男だが口は堅い。

煙管《キセル》をふかしながら聞いていた。話が済むと、けらけらと笑った。

「亡くなった兄さんが何をしていたか。そりゃあ、あの世へ行って聞いてくるしかないでしょう」

からかわれた。分かりようがないと、言いたいらしい。

「それはそうだがな。おれは兄さんのようになりたいと思っているらしい」

自分のことなのに、他人事のような口ぶりになった。信念を持ってはいないから、そんな話し方になったのだ。

「じゃあ新五郎さんが、一人一人に銭を出してやればいい」

と混ぜっ返された。こちらの心のぐらつきを見抜いている。

そんなことで解決がつかないのは、分かっている。兄がしたのは、そういうことではないはずだった。

十

小屋を出た新五郎は、両国広小路の広場を見回す。橋の両脇には、葦簀張《よしずば》りの水茶屋が軒を並べている。若い娘が、揃いの前掛けをつけて給仕をしていた。麦湯を飲みながら、談笑している客がいた。

広場の周辺には、日本橋界隈の町が広がっている。大店もあれば小店もある。人通りが多いから、どこもそれなりに客が入っていた。人を乗せた辻駕籠が、目の前を通り過ぎて行く。

炎天の夏空のもとでも、江戸の町では人の動きが止まることはない。武家も町人も、僧侶の姿もあった。

「あれは都築様ではないか」

広場に面した吉川《よしかわ》町の一画に、刀の柄巻屋があった。刀の柄に、細い組糸を巻く店である。間口一間半と狭いが、昔からあった。黒や焦げ茶だけでなく、様々な色柄を揃えていた。

その店から、四十代後半の侍が出てきたのである。兄嫁だったお鶴の実父、都築貞右衛門だ。見間違えようがなかった。

目が合ったので、新五郎は頭を下げた。向こうも挨拶を返してよこした。どちらともなく近づいた。

「若旦那のお役目に、慣れましたか」

丁寧な口調で尋ねてきた。口元に笑みさえ浮かべている。家禄二百五十俵の無役だが、ともあれ御目見えである。身なりは悪くなかった。

「まあなんとか」

新五郎は曖昧に応えた。

「いろいろあるでしょうが、辛抱強くおやりなさい」

と励まされた。口先だけの言葉だとは思われなかった。死別ではあっても、娘が離縁になった家の者に対する態度としては、かなりの親しみを示していた。見て見ぬふりをされても、仕方のない所だ。

「お鶴さんは、お達者で」

先日、谷中の徳恩寺ですれ違った。それには触れずに新五郎は言った。黙礼だけで通り過ぎたことに、微かな後悔があった。

しかしだからといって、あのときは是非にも話をしたかったわけではなかった。

「ええ、なんとか」

新五郎と同じような言葉が返ってきた。連れ合いを亡くして、まだ四月とたっていない。仲のいい夫婦だったから、まだ悲しみが残っているのは当然だろう。

貞右衛門はそのまま続けた。

「あなたのことを、とき折話します。惣太郎殿は、そなたを可愛がっておられたからな。お鶴はあなたの話を、よく聞いたそうです」

思いがけない言葉ではない。新五郎自身も、それは感じていた。しかし兄が、自分のことをよく話したというのは小さな驚きだった。

また夫婦の語らいに自分の話が出たのならば、商いの話もしたのだろうと新五郎は考えた。

惣太郎とは、生まれたときから一緒に暮らしている。手代となって、商いも共にやった。しかしここへきて、兄について分からないことが出てきた。目に見えなかった部分に、何かがある。

それをお鶴ならば、知っているのではないかと思い至った。

「実は、兄のことについてよく分からないことがあります。もしやお鶴さんならば、何かお分かりになるのではないかと存じますが」

やや口ごもりながら言った。離縁となった相手だから、話し辛くはあった。

「尋ねたいことがある、わけですな」

「はい」

素直に頷いた。

「これから、屋敷へおいでにならぬか。お鶴も、きっと喜ぶであろう」

と貞右衛門は応じた。

「ならば」

新五郎は頷いた。向こうから言ってくれたことだから、遠慮はしない。

両国広小路から、大川に沿った道を南に向かった。薬研堀《やげんぼり》を過ぎて、右手の武家地への道に入った。都築屋敷は、浜町堀に近いあたりにある。

屋敷の広さは五百坪ほどで、片番所付の長屋門である。ぎりぎり旗本といった格だ。門も屋敷も古いが、本所の宇梶の屋敷とは比べ物にならなかった。そこそこの手入れがされている。

屋根瓦が崩れているところなど、一か所もなかった。

「これはこれは、ようこそおこしくださいました」

貞右衛門が声をかけると、お鶴が玄関式台まで迎えに出てきた。今日は、口元に笑みを浮かべた。

奥の、庭に面した部屋へ通された。貞右衛門の部屋らしい。床の間に、山水画が掛けられていた。刀掛けに、五振りほどの拵えの違う刀が掛けられている。柄に、まだ組糸が巻かれていないものもあった。

「あれは、わしの内職でな」

刀掛けに目をやっている新五郎に、貞右衛門が言った。そういえば先ほど、貞右衛門は柄巻屋から外へ出てきたのだった。

「なかなかの稼ぎになるぞ」

と、照れ臭そうに言った。

お鶴が、三人分の茶を運んできた。向かい合って座った。

「兄に代わって家業に就きますと、これまで思いもかけなかったことがいろいろとございます。そのたびに、気持ちが揺れます。そういうときには、惣太郎ならばどうしたか。それをいつも頭に置くことにしていました」

飾っても仕方がないから、新五郎は正直なところを伝えたのである。お鶴はこちらを見詰めたまま、頷きを返してよこした。

新五郎は、話を続ける。

「ただ、どうしても得心のいかないことがあります。それは、兄の札差としての商いのやり方です。札旦那には、厳しい商いをします。しかしそれを甘いと言う人もいます。私には、分かりません。ですが、恨んでいたのではないかと思われる札旦那が、兄の死後神妙に悔やみの言葉を述べてくれました」

店にいては分からないところで、兄は何をしていたのか。聞いているならば、話してほしいと伝えたのである。

「新五郎さんは、惣太郎さまのことが、よほどお好きなのですね」

「それは、たった一人しかいない兄でしたから」

何を今さら、といった気持ちで応えた。叱られ、手厳しいことも言われたが、それはそれだ。

兄にまつわる、忘れられない思い出がある。あれは新五郎がまだ八歳くらいの頃だった。中西道場へ通い始めて二年くらいしてからだ。

惣太郎と一緒に、神田川河岸の道を歩いて通っていた。道の途中に、薪炭屋《しんたんや》があった。そこの末っ子が、新五郎よりも二つ年上で界隈の餓鬼大将だった。大きな体で、威圧的な態度を取り乱暴を働いた。新五郎は常々、気に入らないやつだと思っていた。

その日新五郎は、一人で歩いていた。兄は師範代に呼ばれ、一緒に帰れなくなったのである。河岸の道へ差し掛かったとき、餓鬼大将が現れた。因縁を吹っ掛けられた。

「兄貴と一緒だからって、おれを睨みつけやがって」

向こうも、新五郎に目をつけていたのである。手には長い棒切れを持っていた。

「なにをっ」

相手は一人だった。売り言葉に買い言葉で、新五郎は抱えていた竹刀を構えた。得物を持っての腕は、こちらの方が勝っていた。相手の棒切れを、弾き飛ばした。その段階でやめればよかったのだが、騎虎の勢いがあった。竹刀で頭と肩、それに太腿《ふともも》などをしたたか打ち付けた。

新五郎は意気揚々と引き揚げたが、翌日兄と神田川河岸を歩いていて、餓鬼大将と十人近くの仲間に囲まれた。中には兄と同じくらいの年嵩で屈強な体つきの者もいた。餓鬼大将は足を引きずり、腫れた頭や顔に膏薬《こうやく》を塗り憤怒《ふんぬ》の面差しをしていた。

前日の出来事について、新五郎は兄に何も伝えていなかった。いきり立つ者らを前に、惣太郎は事情を聞いた。

「そうか、弟はお前が得物を飛ばした後に、竹刀で散々に打ち付けたわけだな」

言い終わらないうちに、餓鬼大将の仲間らは躍りかかってきた。多勢に無勢、惣太郎と新五郎は、しこたま殴られ蹴られした。足を引きずりながら、家へ帰った。

「兄のお前がついていながら、なんていうことを」

惣太郎は母にきつく叱られたが、言い訳はしなかった。

それでも翌日、稽古は休まなかった。そして帰り道、昨日の悪童どもに囲まれた。今度は銭をよこせとたかられたのである。

「また痛い目に遭いたいか」

断ると、そう脅された。すると惣太郎が応えた。

「昨日は、弟が得物を失った者をそれでも叩いたと聞いたから、手向かいをしなかった。こちらにも落ち度があったからだ。しかし今日は違うぞ」

「うるせえ」

一番年嵩で大柄な者が、殴りかかった。兄はその手首を摑《つか》むと、一気に投げ飛ばした。あっという間のことだった。悪童たちは、それで手出しができなくなった。

実は新五郎は、昨日なすすべもなくやられてしまった兄に対して、心のどこかで失望していた。しかし黙って暴行を受けたのは、こちらに非があったと認めたからだと気が付いた。自分が犯したしくじりを、惣太郎は己の不始末として受け入れたのである。恨みがましいことは、一切口にしなかった。

新五郎は初めて、兄に対して申し訳ないと感じた。また立派だとも考えた。

「惣太郎さまは、もの事の筋道を、きっちりと通すお方でした。その中には、優しさもありました」

お鶴は、確信を持った面持ちで言った。思い出を伝えているのではない。すぐ近くにいる者のような口ぶりだった。さらに続けた。

「ですからあの方は、札差として札旦那の求めを、切り捨てるだけではありませんでした」

「はあ……」

兄に対するお鶴の言葉に異論はないが、付け足した言葉は、やや的外れだと感じた。店を出てくる前に、帳面を調べてきたばかりである。追加の貸し出しなど、一切してはいなかった。

新五郎の気持ちに、お鶴は気付いたらしい。

「その場しのぎのお手伝いを、したのではありません。一度や二度、多めにお金を借りることができたとしても、それだけでは焼け石に水です。使い果たせば、また借りなくてはなりません」

「いかにも」

「功刀源六さまという、札旦那をご存知ですか」

「もちろんです」

「覚えていろ」と捨て台詞を吐き、店の敷居を蹴飛ばして立ち去って行った者である。

しかし惣太郎の死を、惜しんでくれたのも事実だった。そういえば兄から、看板書きを勧められたと話していた。

「功刀さまの書かれる文字には、味わいがあると惣太郎さまはおっしゃいました。稼ぐ手立てになると、お考えになったのです」

「そういえば功刀様は、書き終えた後に金子を受け取っていました」

その様子を見たと伝えた上で、新五郎は言った。

「武家は金子のために、己から頭を下げることができません。そこで惣太郎さまは、新たに店開きをしようとしている方のところへ行って、声掛けをしたのです。繁昌する看板を書く人がいますよと」

「ほう」

「店が本当に繁昌をすれば、看板のことが口伝えに広がります。功刀様は、家禄の他に日銭を得ることができるようになりました」

「なるほど。そういうわけですか」

お鶴の言う意味が、ようやく呑み込めた。するとそれまで黙って聞いていた貞右衛門が口を開いた。

「わしの柄巻もな、惣太郎殿がやれと勧めてきたのだ。わしは子どもの頃から、柄巻にはことのほか気持ちが動いてな、あれこれと工夫をしておった」

「兄さんは、そこに目をつけたわけですか」

「さよう。柄巻には、これを稼業にして飯を食う本業の職人がおる。同じ仕事ができるならば、わしとてその手間賃を得られるというわけだ」

「暮らしの補いになるわけですね」

「うむ」

あれから功刀は、一切金を貸せと言ってくることがなくなった。借りられないとあきらめたからではなく、稼ぐ手立てを得て、借りる必要がなくなったからだと新五郎は気が付いた。

そうなったのは、惣太郎の口添えがあったからだ。夏切米の折に、わざわざ悔やみの言葉を告げに来た功刀の胸の内を、新五郎は理解した。

「では、他の札旦那にも」

「すべてではないと思います。できることには限りがありますから。でも、お役に立とうとはなさっていたはずです」

これまで気付かなかった兄の姿に、新五郎は仰天していた。自分は、兄の商いの表側しか見ていなかった。

駒江屋が甘いと言ったのがそれならば、気にする必要はないとも考えた。

「話を聞いて、胸の内がすっきりいたしました」

自然に笑みが浮かんだのが分かった。

「よろしゅうござったな」

貞右衛門が言った。

「それで姉上様のお暮らしはいかがでございますか」

新五郎は、自分のことばかり話していたのに気が付いた。関心がなかったわけではない。ただ己の悩みばかりが、先に立っていた。

大人になり切っていないとも感じた。

「つつがなく過ごしています。惣太郎さまの、菩提を弔っていますよ」

それで、墓参りをしてくれたことが頭に浮かんだ。口先だけで言っているのではないと受け取った。

ただそれまでと口ぶりが変わった。どこか寂しげな口調だった。

お鶴のことだから、きっちりと暮らしているのだと推察ができる。しかし都築家には、跡取りの兄がいる。その兄には妻がいて、子どもも近々生まれるはずだった。

居づらいのではないかと、ふと考えた。だがそれを口に出すのは憚《はばか》られた。

第二話　朱色の珠簪《たまかんざし》

一

都築屋敷からの帰り道、新五郎の脳裏にあったのはお鶴の面差しだった。惣太郎の話をしていたときは、凛《りん》とした美しさを感じた。一言一言に、自信を持っていた。けれども暮らしぶりを尋ねたとき、少し様子が変わった。惣太郎を失った悲しみを、明らかに引きずっていた。

「お鶴さんはこれからどうなるのか」

少し胸が痛かった。

そして新五郎は、自分の客だった宇梶彦之助のことを考えた。「押し込みに入るしかなさそうだ」という言葉と、屋敷の縁側にいた病の幼い娘の姿が耳の奥や瞼《まぶた》の裏から消えていかない。

米問屋常州屋の軒下で見た、黒い影の男の姿も心に残っている。

深夜常州屋の軒下に、不審な三人の人影を目にした。その中の一人は、宇梶ではないかと考えた。

「ただな……」

しかしだからといって、押し込みがはっきりしたわけではなかった。

新五郎が、頭にあるもろもろを勝手に結びあわせただけのものである。確かなものは、何一つなかった。

けれどもこの状況で、惣太郎ならばどうするか。それを考えてみる。

何もしない、ということはあり得ないと思われた。宇梶は長い間札旦那として関わってきた相手であり、その窮状については目の当たりにしていた。

もし仮に、本当に宇梶がどこかで押し込みを働いたら、自分は必ず後悔する。それは明らかだった。おそらくずっと、尾を引くだろう。

腰を据えて、宇梶について調べてみようと思った。

店を抜け出して、かなりのときがたっている。平之助が何か言いそうな気がしたが、店に帰る気はしなかった。

お鶴から聞いた惣太郎にまつわる話が、胸の中で躍っている。猛烈に、何かしたかった。

両国広小路まで戻っても、浅草御門へは足が向かなかった。屋台のこわ飯屋で腹を満たしてから、両国橋を東へ渡った。

せめてあと一刻（約二時間）だけ、と思っている。

本所亀沢町の医師豊斎を、もう一度訪ねた。もう少し、細かいことを聞こうと考えたのである。ここで話を聞いたら、店に戻るつもりだ。

今度も、懐紙に五匁銀を二枚包んだ。すでに患者がいて少し待たされたが、豊斎は嫌がらずに会ってくれた。

顔を見せると、豊斎はまるで訪れるのを待っていたかのように口を開いた。

「昨日、あなたがお帰りになってしばらくしてから、宇梶殿がおいでになりました」

「金でも、用意してきたのですか」

「そうではありませんがね。薬を取っておいてほしいと、申されてきたのです」

「払う金子の目途が、立ったのでしょうか」

「五日後までに、十両何とかなる見込みがついたと話しておいでてでした」

物言いに、どこかからかう気配があった。かつがつ暮らしている御家人にとって、十両というのはとてつもない大金だ。豊斎はそれを踏まえて口にしている。

半信半疑だ。

「その金を、どこから手に入れると言いましたか」

「私も伺ったのですがね、お話しにはなりませんでした」

今日になってみれば、あと四日後となる。髙田屋は貸さないから、宇梶はその間に何かをして、十両を手に入れることになる。

『何か』が押し込みならば、捨て置くわけにはいかない。

「ただな」

仮にも相手は、直参の武家である。「やるのか」と問い質《ただ》すわけにはいかない。また聞いても、「やる」などと答えるわけがなかった。

病の詳細について聞くつもりだったが、すっ飛んでしまった。

それでも、ともあれ店に戻ることにした。かなり店を空けてしまった。足早に歩いた。

店の敷居を跨《また》ぐと、上がり框《がまち》に札旦那ではない者が腰を下ろしていた。歳は四十前後。背は低いが、体のがっしりしたいかつい顔の男である。腰に房のない十手を差し込んでいた。

天王町や瓦町など蔵前通りの一部を縄張りにする、岡っ引き猪之吉《いのきち》だった。平之助が相手をしていた。

「これは若旦那。お帰りなさいまし」

愛想のいい挨拶をしてきた。

強面《こわもて》で、裏店《うらだな》の者など相手にもしない。何かあればこっぴどくやっつける。しかし表通りの旦那衆には、ご機嫌取りをした。何かあれば、都合のいいように動く。それは日頃袖の下をたっぷりと得ているからだった。

高田屋でも、顔を見せるたびに平之助が少なくない小遣いを与えていた。新五郎にも、ぺこぺこと頭を下げる。

「いやね。とんでもねえ野郎が、この界隈《かいわい》に顔出ししていやがるってえ話がありましてね。それでお伝えに上がったんですよ」

と猪之吉は言った。

「ほう。どんな男ですか」

たいして関心はなかったが、一応聞くだけは聞こうと思った。店は忙しそうではないが、昼前からかなり油を売ってしまった。自分にとっては大事だが、若旦那の勝手な不在がよろしくないのは分かっていた。平之助とすぐに話をすることを避けたかった。

「赤蠍《あかさそり》の巌七《いわしち》という盗人《ぬすっと》ですよ。金のありそうなところを狙って、押し込みます。半年前に、四谷の太物屋を襲って、四百両を奪いやした。抗《あらが》った主人を殺していやす」

「残忍な男ですね」

「ええ。金のためならば、何だってするやつでさ。鼻の頭が赤く、酷《ひで》えことも平気でするので、『赤蠍』ってえ、綽名《あだな》がついています」

嫌な話だと思いながら、新五郎は聞いた。

「四谷では、捕えられなかったわけですね」

「へい。三人で押し入りやした。うちの一人は二本差しの浪人でしてね、これは出張った捕り方に襲われて殺されやした。でも巌七ともう一人の仲間には、逃げられやした」

巌七は三年前にも芝で人を殺し、金を奪って逃げた。このときは、二人組で押し入った。しばらく江戸から姿を消していたらしいが、半年前に姿を現した。運よく殺されなかった太物屋の手代が、赤鼻の賊の顔を見ていた。年の頃は、四十前後だそうな。

三年前に拵えた似面絵《にづらえ》を見せると、この男だと証言した。

「奥州街道で、巌七の顔を見たという旅人がいましてね。そいつが蔵前通りで見かけたと、町奉行所へ届けてきたわけですよ」

「なるほど」

新五郎は、どきりとした。深夜の常州屋軒下の闇に潜んでいた、三人の黒い影を思い出しているからである。

二本差しが宇梶で、後の二人の男たち。それが赤蠍とその仲間ならば、数は合う。符号が少しずつ揃ってゆくのが、不気味だった。

「で、赤蠍の手掛かりは」

「ありやせん。ともあれお気を付けいただきたいってえわけで、伺ったんですよ」

そう言って揉《も》み手をした。

札旦那が店に入って来たところで、猪之吉は腰を上げた。平之助が、その袖口におひねりを落とし込んだ。

二

赤蠍の巌七と宇梶彦之助が繋《つな》がって、新五郎の頭に残った。猪之吉が引き上げた後、次の切米に向けて米問屋との商談があり、荷運びの打ち合わせなどをした。またいつものように、札旦那と金の貸し出しについて話もした。

しかし何かの折に、押し込みのことが頭に浮かんだ。取り越し苦労ではないかという気持ちがないわけではない。たまたまいろいろな出来事が、頭の中だけで勝手に重なっただけだと考えれば、それにも納得がいった。

胸中の思いを、誰かに伝えたわけではなかった。平之助に話しても、返事は分かり切っている。

「若旦那には、関わりのない話でございます」

もちろん、父や手代たちにも言えない。不審を胸に抱えたまま、寝床に入った。

若旦那になってから、床の間のある惣太郎が使っていた部屋で寝起きしている。夜具は奉公人が延べてくれた。蚊やりもすでに焚《た》いてあった。

なかなか寝付けない。

耳を澄ましても、聞こえてくるのは野良犬の遠吠えくらいのものである。しかし瓦町の常州屋のことが気になった。いましも赤蠍らが闇に潜んで、押し込みの機会を狙っているのかもしれない。そんなことを考えた。

新五郎は寝床から起き上がった。浴衣のまま、裏口から外へ出た。町木戸が閉まる四つ（午後十時頃）には、まだ少し間があった。

蔵前通りには、ごくわずかに人通りがうかがえる。酔っ払いだ。しかしほとんどの店は、明かりを消している。

瓦町方面に歩いた。

常州屋の大きな建物が、闇の中に佇《たたず》んでいた。誰か潜んでいないか、不審な点はないか。店の前に立った新五郎は、建物の周辺に目を凝らした。

表だけではない。路地を入って、建物の裏手にも回った。だが誰かが潜んでいる気配はなかった。猫の子一匹いなかった。

「よし」

胸の内で呟《つぶや》いて、髙田屋へ戻った。

翌朝新五郎は、荷運びの親方と打ち合わせがあると平之助に伝えて店を出た。嘘《うそ》ではない。札旦那の自家用の米を屋敷まで届けるのは、札差の大事な仕事だった。

ただその用は、半刻（約一時間）足らずで済んだ。

店には戻らず、本所へ向かった。南割下水に沿って、東に歩いた。宇梶の暮らしぶりについて、もう少し調べてみようと考えたのである。

今日は、水路の対岸の道へ出て、まず犬を連れて歩いている三十半ばの侍に声をかけた。水路に面した屋敷を住まいにしているとか。見ている前で四文銭三枚を懐紙に包んで、相手の袂《たもと》に落とし込んだ。

「宇梶殿の暮らしぶりか、ならばわしらと変わらぬ。年中尻に火がついておる。もっともあそこには、病の子がある。その分だけたいへんだろう」

と侍は応じた。銭を与えているから、不機嫌ではなかった。

「娘ごは、前から悪かったのですか」

「丈夫な子ではなかった。しかし労咳《ろうがい》だとはっきりしたのは、この一年ほどではないか。子煩悩なご仁だからな、いろいろ手当てをしたようだが」

「内職など、なさっているのですか」

功刀の看板書きを思い出しながら聞いた。家禄の他に、何かしらの実入りがあれば助かるはずだ。

「前は、傘張りや虫籠作りをしたと聞いた。わしもしたが、なかなか銭にはならぬ。安く買い叩《たた》かれるからな」

侍は、渋い顔をした。それでも、やるしかないので続けていると言い足した。

「では、宇梶様も」

「いや。あのご仁は、もっと銭になることをしていると聞いたぞ」

「えっ」

少しどきっとした。まさか盗みなどではあるまい。

「詳しいことは知らぬがな、深川のどこかで荷運びをしているそうだ。幕臣の身分を隠してな。娘ごの病がはっきりした頃から、薬代のために始めたようだ」

金のためとはいえ、天下の直参が人足に交って荷運びをするのは並々ならぬ覚悟がいる。しかしそれでも、薬代は追いつかなかった。

近くまとまった金が入ると、宇梶は医師豊斎に話したとか。十両という金高である。人足仕事で得られる額とは考えられなかった。

目の前の侍は、宇梶が深川のどこで荷運び仕事をしているかは知らない。けれども一緒に行ったことがあるという他の侍を知っていた。

その屋敷の場所を聞いて、さっそく行った。しかしその侍は留守だった。がっかりしたが、対応した新造は、出かけた場所が油堀《あぶらぼり》河岸の一色町《いっしきちょう》だと教えてくれた。

一色町は、油堀の南河岸にある。米や魚油、海産物、醤油《しょうゆ》や塩などを扱う問屋が並んでいた。遠方から荷船で運ばれてきた物資が荷下ろしされ、江戸からの品が運び入れられる。

大勢の荷運び人足が、油堀界隈にはいた。仕事のない浪人者などが、この中に加わることは珍しくない。ただ直参の侍がこれに手を出すのは、よほど金に追い詰められている場合に限られた。

人足の中には、食い詰めて江戸へ流れてきた無宿者も少なくない。将軍家の禄を食む直参が、そうした者と共に仕事をするのは、なかなかに抵抗があると察しられる。自尊心が強いからだ。

しかし宇梶は、それを一年もの間続けている。

油堀には、多数の大小の荷船が行き来していた。一色町にも船着き場があり、荷を下ろしている姿が目についた。荷船の到着を待っている人足らも見かけた。

「宇梶様という、お武家様を知りませんか」

船着き場にいる男の一人に、新五郎は声をかけた。下帯一丁の姿で、胸厚の体に汗が光っていた。

盛夏の日差しは、水面を照らしてかなり眩《まぶ》しい。

「さあ。いちいち名なんて、聞かねえからねえ」

とそっけない返事だった。他の者にも尋ねたが、知っていると応えた者はいなかった。

次の船着き場では、俵物の海産物を運んでいた。

皆、洗いざらしの半纏《はんてん》や半裸の姿で働いている。中には浪人者など武家も交っているはずだが、頭に手拭いを被《かぶ》っている者がほとんどだから、髷《まげ》で見分けることはできなかった。

　仕事が終わるのを待って、声をかけた。

「宇梶様ねえ。名を聞いた気もするが」

　最初の男は、首を傾《かし》げただけだった。しかし脇にいた男が、声をかけてくれた。

「あっちの船着き場で、姿を見たぜ」

　目をやると、魚油の樽《たる》を運び出している人足たちがいた。

　新五郎はさっそくそちらへ向かう。近づくと腐った魚のにおいが、つんと鼻を突いてきた。

　男たちはそれを気にするふうもなく、荷を運んでいた。

「おおいたな」

　近付くこともなく、物陰に身を潜めた。頭から手拭いを被り、上半身裸で荷運びしている宇梶の姿を目に止めた。馬庭念流の達人だと聞いている。隆々たる筋肉の持ち主で、力仕事になれている他の人足たちに劣る体つきではなかった。

　骨惜しみはしていない。きびきびした動きだった。

　他の人足に、とき折声をかける。船から降ろした樽の置き場所について、指図をしているようだ。とりあえず置くにしても、河岸の道は人が通る。場所を取らぬように、崩れぬように、注意が必要である。

声をかけられた者は、それに従っていた。宇梶には、人望があるらしい。

一通り荷下ろしが済み、倉庫に納められてしまうと、人足たちの用は済む。親方らしい男から銭を受け取ると、それぞれ引き上げてゆく。次の船着き場に移動する者もあった。

宇梶はさっさと引き上げて行った。

新五郎は一瞬迷ったが、ともあれ他の人足から宇梶の働きぶりや人間関係について、聞いてみることにした。赤蠍やその仲間が、近づいている気配もないとはいえないだろう。

まず声をかけたのは、先ほど宇梶から何か言われていた人足だ。もちろん、すぐに小銭を握らせた。

「ああ。宇梶様ならば、一年前くらいから一緒に荷運びをしているぜ」

男は言った。初めは五日に一度くらいだったが、最近は三日に一度か二度の割合で顔を見せるとか。ただこの数日は、少な目になっているそうな。

「人付き合いねえ。そりゃあよくないよ。気軽におれたちに声をかけてくるが、何でも病の子がいるとかで、終わればすぐに帰っちまう。おれたちと酒を飲むなんてことは、一度もないね」

「では一人で来て、一人で帰ってゆくわけですね」

「いや、仲間のお侍が一緒のことがある。でもそれは、たまにだね」

「町人は、一度もありませんか」

「ないよ。でも荷運びが終わるのを待っていて、一緒に帰っていったというのは、二度か三度あったね。つい半月くらいの間だがね」

「どんな男ですか」

新五郎は身を乗り出した。赤鼻の四十男と応えられたならば、時期からして決まりだと思われた。

「歳《とし》は、三十ぐらいじゃねえかね。身なりは行商人ふうだが、凄《すご》みのある顔つきだった。そうそう、かつざとか呼ばれていた」

少し考えるふうを見せてから口を開いた。赤い鼻の男ではないと言うから、巌七ではなさそうだ。

「何を商っていたのですか」

「四角い小さな葛籠《つづら》を背負っていた。櫛《くし》と簪《かんざし》の絵が描かれていたから、あれは髪飾りだね」

話をしながら、船着き場から立ち去って行った。もちろん二人がする話の中身など、聞こえなかったそうな。

三

新五郎は、ともあれそれで髙田屋へ戻ることにした。かなり油を売ってしまった。

「おや」

蔵前通りを歩いていると、人だかりがしている店があった。町人だけではなく、侍も交っていた。

髙田屋である。何か起こっているらしかった。新五郎は駆け出した。

札旦那との間で、金を貸す貸さないで揉めることは珍しくはない。しかし野次馬がたかるほどのものは、めったになかった。

「ちと、ご無礼いたします」

人をかき分けて、新五郎は店の敷居を跨いだ。ほぼ同時に、怒声が上がった。

「ふざけるな。将軍家のご直参を嘗《な》めているのか」

店の中に、轟《とどろ》きわたる声だった。上がり框に腰を下ろした侍が一人、その周囲に立っている侍が三人いた。相手をしているのは手代の狛吉で、その横には平之助の顔もあった。

四人の侍は、二十代前半から三十代半ばまでの年恰好《かっこう》である。身なりからして主持《しゅうも》ちの侍ではなく、荒《すさ》んだ気配を身に纏《まと》っていた。どれも見かけない顔で、札旦那ではなかった。

新五郎に気が付いた六造が、駆け寄ってきた。

「蔵宿師《くらやどし》です」

「そうか」

囁きに応じた。

ただの無法者ならば、力づくでも追い出してしまえばいい。そういうことも踏まえて、日頃から手立ては打ってある。

近くの剣術道場に小僧を走らせれば、腕利きの師範や血気盛んな門弟がやって来る。そのために日頃から、相応の金子を道場への寄付として与えていた。また岡っ引きの猪之吉を呼び、町奉行所へ届けるという道もあった。

だが相手が、札旦那に関わりのある者だとそういうわけにはいかない。直参である札旦那に無礼を働いた札差になってしまう。

これは避けたいところだった。

札旦那が借金の申し入れをする対談の途中で、わざと刀を抜いて反り具合を見て脅しをかける、あるいは大きな声を出す程度はよくある。しかしどの場合でも、ぎりぎりのことはあっても、相手の手代や店に乱暴を働くまではしなかった。

金を借りに来て、そこで自らが騒動を起こしたとなると、直参という身分があるだけに面倒だ。札差は必ず事を公にするから、直参として恥を世間にさらす。だがそれだけではない。

下手をすれば、不祥事を起こしたとして家禄を減らされる。これは札旦那にしてみれば、何としても避けなければならないところだ。

もちろんこちらが手出しをすれば、話は別である。それをけしかけてくるしたたか者も中にはいた。だがこれに乗ることは、厳しく戒められている。

どうしても金を借り出したいと考える札旦那は、己の手を汚さず、腕の立つ浪人や破落戸《ごろつき》を一時的に家来として雇うという手を考えついた。これを札差の店に行かせて、騒ぎを起こさせて強引に金を借り出そうとしたのである。

これらの者たちは、喧嘩慣れしているうえに弁も立つ者が多かった。札差への強請《ゆすり》を稼業にしている連中だからである。これらを蔵宿師と呼んだ。

この者たちは、札旦那の家来としてやって来るから、こちらにしてみれば相手をしないわけにはいかない。しかしこの者たちは、おおむね乱暴を働く。そこで渋々、金を貸してしまうことがあった。

だが後で訴えても、「そんな家来は知らぬ。雇った覚えもない」と返される。これでは、札差として始末に窮する。そもそも幕府にしてみれば、直参の者たちの不始末を明らかにしたくない体質がある。権威が傷つくのを嫌がるからだ。

そうなると、苦情の持って行き場がなくなった。

また暴力に屈したとなれば、次々に蔵宿師が現れる。店で決めている枠を超えて貸したわけだから、借りようとする者は皆そこを突いてくる。収拾がつかなくなれば、多くの札旦那に嘗められる。そうなれば、札差稼業はきわめてやりにくくなるはずだった。

「いいか、おれたちはな。遊びに来ているんじゃねえ。物盗りでもねえぞ。利息を払うから、金を貸せと言っているだけだ」

刀を抜いた侍が、平之助の鼻先に切っ先を突きつけた。一押しすれば、命がなくなる形だった。

けれどもさすがに平之助は、それで怯《ひる》むことはなかった。小僧で髙田屋に入り、番頭にまでなった者である。

切っ先を避《よ》けて、両手をつき頭を下げた。

「できないことは、できないのでございます。他の旦那方にも、お願いしている通りでございます」

「ふん」

侍は、鼻で笑った。そして刀を、はらりと振った。刃先を下にして、平之助の肩先すれすれのところで止めた。

「うっ」

横にいる狛吉が息を呑《の》んだ。

平之助は、体を起こせない。起こせば刀身が肩に喰い込む。

そうなれば侍は、勝手に刃先に突きかかってきたと応じるはずだった。番頭が傷ついたのは、おれのせいではない。

相手をとことん困らせて、追い詰める。それがやつらの手だ。

平之助は、体を上げられない。頭を下げて、追い返そうとしたことが裏目に出た。

「さてどうするか。わしもこうしていると、手首が疲れる。刀を落としてしまうやもしれぬぞ」

薄ら笑いを浮かべながら、柄を手にした浪人者は言った。

新五郎はここで、平之助の横に腰を下ろした。かなり腹が立っている。できれば事を穏便に済ませたい。そういうこちらの気持ちを、逆手に取っている態度が気に入らなかった。

「まさか。ご直参のご家中ともあろうお方が、刀を持つ手が疲れるなどとはお戯れを。そなた様は、腑《ふ》抜《ぬ》け侍ではございますまい」

あえてそういう言い方をした。万が一にでも、本当にやったら躍りかかって腕をへし折ってやるつもりでいた。

「な、なんだと」

侍が、新五郎に顔を向けた。向けてくる眼差《まなざ》しに怒りがあった。新五郎は、その目を睨《にら》み返す。

一呼吸ほどの間があって、侍は切っ先を肩からはずした。新五郎の顔に向けようとしたらしい。しかしその一瞬の間を待っていた。

体を横に飛ばしながら、叫んでいる。

「押し込みでございます。刀を抜いた、押し込みでございます」

「ご覧ください。この者、お客ではありません。切っ先を私に向けて、迫ってまいります」

　店の外にいる野次馬たちに向かって言っている。しかし体は、目の前にいる侍に対して身構えていた。右手は、傍らにあった算盤《そろばん》を摑《つか》んでいる。打ち込んで来たら、それで受けるつもりだった。

「わあっ。人殺しだっ」

　そう叫んで逃げてゆく野次馬があった。

「お役人を呼べっ。盗人だ」

という声も聞こえた。これは、町の木戸番の者だ。日頃、いろいろと世話をしてやっている。

「お、おのれっ」

　動じたのは、白刃を握った侍だった。大勢の者が、これまでの模様を目にしている。刀の反りを見ていたでは、言い訳にならない。

「く、くそっ」

　侍たちは、顔を見合わせた。そして一瞬のうちに、身をひるがえしていた。

「どけっ」

野次馬たちを退かせると、店の外へ飛び出していった。そのときには、抜いていた刀を鞘《さや》に戻している。

「わあっ」

居合わせた野次馬たちが、歓声を上げた。

新五郎は一息ついた。追いかけて、ひっ捕えるつもりなどない。しょせんは金で雇われた者たちだと考えている。

「助かりました」

狛吉が、礼を言った。ほっとした顔になっている。

「若旦那」

そう声をかけてきたのは、平之助だった。睨みつけてくる眼差しだ。

「な、なんだ」

わずかにたじろいだ。

「いったい、どこで油を売っていたのですか。家業をそのままにして」

かなり怒っている。今までの鬱憤を、すべて向けてきた印象だった。

「ま、待て。事なきを得たではないか」

「そういうことでは、ございませんよ。そもそも用を済ませたなら、すぐにもお帰りをいただかなくてはなりません。何が起こるか分かりませんからね、若旦那には店にいていただかなくてはならないのですよ」

「………」

下手な返答をすれば、長い説教になりそうだった。店生え抜きの番頭は、若旦那でも無視できない。

喉元まで出かけた言い訳の言葉を、新五郎は呑み込んだ。

四

「ふてえ野郎どもだ。あっしが居合わせたら、ぐうの音も出ねえようにとっちめてやったんですがね」

しばらくしてやって来た猪之吉が、忠義面をして言った。手先の男たちを連れている。

「ご苦労様でございます」

平之助が、五匁銀数枚を紙に包んで持たせて帰らせた。口ばかりで、いざというときにはほとんど役に立たない。しかし小銭をやるくらいのことは、惜しくはなかった。

猪之吉も、貰《もら》うものを手にすれば長居はしない。

半刻もしないうちに、何事もなかったようないつもの髙田屋の店先になった。手代たちは現れた札旦那の相手をし、平之助は帳面を見ながら算盤を入れ始めた。

新五郎は、蔵宿師をよこした札旦那のことを頭に描いて店の板の間に座っていた。

それは、家禄三百俵と二百五十俵の二人の札旦那である。二人が金を出し合ったのである。

知らない相手ではなかった。共に御目見えの身分で、微禄とはいえない。それでも蔵宿師に銭を払って、金を借りたい理由があったということになる。

直参で役料のつかない者たちは、先の年の禄米を担保に金を借りる以外、金を手に入れる方法はない。後は内職をするか、蔵宿師などを使う乱暴な手立てで金を借りるしかなくなる。そしてさらに追い詰められれば、押し込みや追剝《おいはぎ》を図ろうとする者も現れてくる虞《おそれ》もないとはいえなかった。

それをさせない手立てを講じようというのが、お鶴から聞いた惣太郎のやり方だった。

宇梶彦之助は、今そのぎりぎりのところにいる。と新五郎は推量している。

「やはり、放ってはおけない」

兄の面影を脳裏に浮かべながら呟いた。

こうなれば、もうぼやぼやはしていられない。直に本人に当たろうと、腹を決めた。押し込みを疑っていること、その理由など、すべてを正直に伝える。子どもを可愛《かわい》がる宇梶が、性根まで腐った男だとは思えない。たとえその場では犯行の企みを漏らさなくても、考え直す機会になればと考えた。

それが何よりも、由という娘のためになると新五郎は考える。きっと兄だってそうするだろう。

腹が決まると、いても立ってもいられなくなった。店の商いは、普段とまったく変わらない。また先ほどのような出来事があるとは考えられなかった。

厠《かわや》へ行くふりをして、台所口へ回った。履物をつっかけたところで、声をかけられた。

「若旦那、どちらへお越しで」

平之助だった。

「い、いや。ちょっと」

適当な行先が、思い当たらなかった。宇梶のことばかりが、頭にあった。

「いけませんね。先ほどのことだって、若旦那がお留守の間に起こったんですよ。お武家相手の札差稼業は、いつ何が起こるか分からない。そのもしやに応じるのも、若旦那のお役目ではありませんか」

咎《とが》めているとも受け取れる眼差しだ。勝手に店からは抜けさせないぞと、宣言された気がした。

刃を向けられても、平之助は動じる気配を見せなかった。けれども、胸中に怖れがなかったわけではないだろう。

平之助は番頭として、できる限りを尽くしたのである。自分は逃げて、こちらにだけ要求しているのではなかった。

「わ、分かった」

新五郎は、強い眼差しから目を逸《そ》らして応えた。

胸に困惑はあるが、ともあれ店に戻った。

夕方になって、最後まで粘っていた札旦那が引き上げて行った。店の中に明かりが灯《とも》され、平之助は小僧の卯吉に店の戸を閉じるように命じた。一日の商いの帳面を改めて、新五郎はようやく店から出られることになった。

商いが終われば、平之助は何も言わない。

店を飛び出して、新五郎は蔵前通りを急いだ。途中、米問屋常州屋の前を通った。変事の気配はない。店の戸は一枚を残して閉じられていて、中の明かりが通りに漏れていた。

浅草御門の近くまで来て、乾物屋が店を閉じようとしているのに気が付いた。店内に明かりが灯っている。生卵が売られているのを目にとめた。

「おお、そうだ」

宇梶の娘由に食べさせようと考えた。薬はもちろんだが、滋養を摂らせるのも大事なことだ。

「おい、卵をくれ。全部だ」

十個ほどあった。途中で殻が割れないように、籾殻《もみがら》の中に入れさせた。札差として金を貸すことはできないが、見舞いの品を持参するのはかまわない。

それを持って、本所へ入った。

すでに日は落ちている。しかしまだ昼間の暑さは残っていた。提灯を手にして歩いた。

宇梶の家の門は閉じられていた。潜り戸を、新五郎は拳で叩いた。叩きながら、蔵前の高田屋の者だと伝えた。

少しして、女が出てきた。三十をやや過ぎた年頃の、痩せた女だった。提灯の明かりだけだと青白く見える顔色だが、目鼻立ちの整った美形だった。

「主人は、出かけております。帰りは、五つ（午後八時頃）過ぎくらいになるだろうと存じます。お待ちになりますか」

と言った。妻女の早紀だ。

五つというと、まだ半刻近く後になる。宇梶家には、奉公人などいない。とすると目の前の妻女と娘だけの家である。主人の留守に、日暮れた後に半刻もの間いるのは、ちと憚《はばか》られた。

言葉通りの刻限に帰るならば、今夜の押し込みはなさそうに思われる。妻女に嘘《うそ》はつかないだろうと考えた。

「これを、お由さまに。お見舞いの品でございます」

ともあれ、卵を差し出した。これは置いて帰らなくてはならない。

「まあ」

早紀は驚きの顔を向けた。もちろん不快な驚きではない。「ありがとうございます」と続けた。

「少しずつでも、よくなるといいですね」

「はい。そのために、主人は朝から出かけております」

恥ずかしげに言った。こちらは札差だと名乗っているから、暮らし向きは分かっているると感じている様子だ。稼ぎに出ていることを、隠してはいなかった。そして続けた。

「よろしかったら、麦湯でもお一つ」

見舞いを貰って、門先の立ち話で帰してしまうわけにはいかないと考えたのかもしれない。卵は、安価な品ではなかった。

「ならば、頂戴いたしましょう」

早紀は玄関へ案内しようとしたが、新五郎は断った。台所口へ回った。

「札差は金を貸しても、札旦那にしてみればあくまでも出入りの商人だ。それを忘れるな」

惣太郎は常々そう言っていた。

「どうぞ」

差し出された麦湯を、新五郎はさっそく口に運んだ。蔵前から本所まで歩いてきたところだから、喉が渇いていた。麦湯はうまかった。

淡い行燈の明かりが、土間と板の間を照らしている。

「宇梶様のお帰りは、いつも遅いのですか」

「いえ、今日はとりたててのことです。どなたかと、話をすると申していました」

その相手は、分からないようだ。

「母うえ」

このとき、子どもの声がした。寝間着姿の十歳ほどの娘が、台所へ顔を出した。由の顔は、前にも見ている。

「まあまあ、そのような恰好で」

早紀は一応、寝間着姿で顔を出したのを注意したが、強い口調ではなかった。物言いから、娘への情愛の深さを新五郎は感じた。

そして長居をしてはいけないと、改めて感じた。病の娘は、心細かったのかもしれない。

「ご無礼をいたしました」

手にあった茶碗《ちゃわん》を返した。

このとき、由の髪に朱の珠簪《たまかんざし》が挿さっているのに目がいった。そういえば前に見たときも、髪に同じものがあった。

丸く削った木に、朱漆を塗っただけの安物である。それでも娘は、気に入っているらしかった。

「お似合いでございますね」

お愛想代わりに、新五郎は言った。事実、愛らしくも感じた。

「これは、かつざさんという方から戴《いただ》いたのでございますよ」

と早紀は口にした。口元が、少しほころんでいる。

「その方は、お屋敷に伺ったのですか」

油堀河岸で聞いた話を思い出しながら、問いかけた。かつざについては、こちらから問いかけなければならない人物だった。

「いえ。そうではありません。飾り物を商う方で、外で会って主人が貰ってきたのです」

「古くからのお知り合いですか」

「簪を持って帰ってきたのは、半月ほど前です。そのとき始めて耳にした名です。簪の他に、餅を戴いたこともあります」

「そうですか。親しくしておいでなのですね」

「何でも、主人に力を貸してほしいとの話でした」

「ほう。どんな話でしょう」

問い質す口調にならないように気を付けた。顔には笑みを浮かべて見せた。

「さあ」

首を傾げた。詳しいことは、聞いていないらしかった。

「お邪魔をいたしました」

新五郎はそれで、宇梶の屋敷を辞した。

かつざという、飾り物の行商人が近づいている。分かったのは、それだけだった。

五

翌日は、昼過ぎになって平之助が店の用事で出かけた。用の中身からして、一刻半（約三時間）は戻ってこない気配があった。

そうなると、新五郎の気持ちが動いた。

もし仮に、赤蠍らが常州屋を襲うつもりならば、何らかの足跡を残しているのではないかとの考えがある。夜間、三人の黒い影を見かけたときのことが頭に残っていた。

押し入る以上、それなりの調べをしているはずだとの判断である。夜、闇の中で様子を見るだけでは、用は足らないだろう。ど素人が、欲に駆られてがむしゃらに押し込むのとはわけが違う。

相手は名うての盗人だ。店の内部にも探りを入れ、慎重にやるはずだ。ならば当然、店にはいつもとは異なる何かが起こっている。それを探ってみようと思ったのだ。

常州屋は、蔵前の米問屋だから知らない相手ではない。隣町だから、すぐにでも戻って来られると考えた。

「ならば、少しくらい出かけてもかまわないだろう」

六造にだけ伝えて、新五郎は店を出た。

蔵前通りは、物心ついたときから歩いている。出会った知り合い四人ほどに挨拶をするうちに、常州屋の店の前に着いた。

小売りではないから、人の出入りはそう多くない。しかし手代や小僧は、忙しなさそうに動いていた。何台もの荷車が店の前や米蔵の脇に置かれている。数人の人足がいつも待機していて、小売りの店へ米俵を運んで行く。

運び出された荷車の後ろで、土埃《つちぼこり》が舞った。

「相変わらず、商売は繁昌だね」

帳面を手に、荷を繰り出した顔馴染《かおなじ》みの手代に声をかけた。

「これは高田屋の若旦那」

手代は丁寧に頭を下げた。

「お店の皆さんに、変わりはありませんか。怪しげなやつが、店を探っているなどはありませんか」

普通ならば、怪しげな者のことなど聞かない。けれどもあえて、口に出した。当たり障りのない挨拶をしていたら、表向きの話しか返ってこない。

「はあ、それはもう」

手代は、怪訝《けげん》な目を向けてきた。何を言っているんだ、という顔つきになった。

「それは結構ですね」

新五郎は笑顔を見せて、軽く頭を下げ通り過ぎた。店の中で、何か不審な点が話題になっていたら、異なった反応をするだろうと思った。

路地を入ると、米蔵がある。店の前掛けを締めた小僧がいた。歳は十五、六。前からいるのだろうが、顔に覚えはなかった。小ぶりな荷車に、米俵を三つ積み終えたところだ。縄をかけると、引き始めた。

「精が出るな」

横で並んで歩きながら、声をかけた。小僧はぎょっとしたらしかった。見知らぬ者に、いきなり声をかけられたと感じたからかもしれない。

立ち止まらせると、小銭を与えた。店からはやや離れたところだ。

「近ごろ店に出入りするようになった者で、鼻の赤い四十絡みの男はいないか」

「さあ」

律儀な顔で、考えるふうを見せた。小銭をやったことが、かなり利いている。真剣な顔つきだった。

「では、かつざという者はどうだ。歳は三十くらいだな」

「いや、それも」

困った、という顔になった。

「そうか」

少し当てが外れた。何らかの形で、それらしい者が、出入りしていると踏んでいた。

「すみません。でも……、それくらいの歳でかつじという人は、ときどき顔を見せます。台所口で、女中さんたちと話をしています」

「かつじねえ」

かつざと、似た名だとは思った。耳で聞くだけだから、間違いがないとは言えない。

「顔出しをするようになったのは、半年くらい前からです」

「何をしに、台所口へやって来るんだね」

「小間物を売りに来るんです。櫛や簪なんかも」

櫛簪と聞いて、引っかかった。

小僧と別れて、常州屋の裏木戸へ行った。戸は開いたままになっていた。入り端に井戸があって、人足が水を飲みに来る。それで開けているらしい。

もちろん日が落ちる前に、閉められるはずだった。

新五郎は水を飲みに来た人足に、台所働きをしている女中を呼んでもらった。出てきたのは、中年の肥えた女だった。ここでも手早く小銭を握らせた。

「かつじという小間物屋について、話を聞かせてもらえますか」

「あの人、何かしでかしたんですか」

用事を伝えると、好奇の眼差しを向けてきた。それには応えずに、新五郎は逆に問いかけた。

「かつじというのは、かつざの聞き違いではありませんか」

「いいえ、違いますよ。あたしたちは、みんなそう言っています」

常州屋には、台所仕事をする女中は三人いるそうな。主人一家と奉公人たちの食事を作るのである。

「開いてる戸口から入ってきて、あたしたちに櫛を差し出して、くれるって言うんですよ。それで、小間物を買ってくれないかって。胡散臭《うさんくさ》いですからね、初めは受け取らなかった。でもね、またやって来てさ」

薪割《まきわ》りや水汲《みずく》みなどを手伝った。簡単な営繕も行ったのである。

「器用な男だったわけだな」

「そうですね。庭掃除なんかもやった。使い勝手のいい男だったから、仲働きの女中さんに話して、いろいろ買ってやるようになったんですよ。今では、櫛をくれるって言ったら、遠慮なくもらうようになりました」

「なるほど」

十日に一度くらいはやって来て、一刻から一刻半ほど過ごしてゆく。

半年ほどの間で、台所の女中を通して店に入り込んだことになる。なかなかに周到だ。

「営繕もやるとなると、家の中にも入りますね」

「そりゃあそうですね。まあ、ちょっとしたことだけだけど」

手代や小僧はなかなか手があかない。かつじがいたら、つい頼んでしまうとか。

「あの人、気さくな人ですからね。気持ちよくやってくれる」

「素性は、どういう者なのですか」

「詳しいことは知りませんけどね、何でも前は芝の小間物屋で手代までやったって言っていましたよ。でも女でしくじったって。そういう間抜けなところも、あの人にはあるようですね」

女中は、かつじを信用している気配だ。

「住まいはどこだと言っていましたか」

「下谷《したや》山伏《やまぶし》町の長屋だって聞きましたよ」

蔵前から、そう遠いわけではない。ただ行って帰って来れば、半刻以上はかかりそうだった。店のことが気にかかったが、ここまで話を聞いて、かつじが何者なのか確かめずにはいられない気持ちになっていた。

足早になって、山伏町へ向かった。

蔵前通りから西へ行く道に入ると、すぐに寺の並ぶ道筋になる。人通りがめっきり少なくなった。周囲に樹木が多くなって、蟬《せみ》の音がひときわ喧《かまびす》しくなった気がした。読経の声が聞こえてくる寺もあった。

山伏町までくると、西に上野の山が見える。大きな商家などない、閑静な町だった。路地を覗くと、何軒かの長屋が並んでいる。一軒一軒聞き廻《まわ》るのは、手間がかかりそうだ。

新五郎は、自身番を探してそこに入った。

「はて、かつじという小間物商いの者ねえ」

居たのは、初老の大家と中年の書役である。二人は首を傾げながら、顔を見合わせた。

「人別に入っている者で、そういう名の人はいませんね」

書役が口を開いた。

「又借りをして住み着いている人がいれば、それは分かりません。でも二月三月いたら、私らは気が付きますよ」

と大家が付け足した。

「では、かつざはどうですか。そういう名の者は」

思いついて尋ねた。

「いやそれも、耳にしませんねえ」

大家と書役は、頷《うなず》き合った。

かつじという男の足跡が、この町へ来てぷっつり消えた。常州屋の女中には、嘘をついていたことになる。

「いよいよ怪しくなってきたな」

ただの小間物屋ならば、住んでいる長屋ぐらい平気で口にする。赤蠍の巌七の子分だろうと新五郎は考えた。

六

平之助が出かけている間に、戻らなければと思っていた。

途切れた糸の繋ぎ先が見つからないことについては、焦りと苛立《いらだ》ちが胸の奥に芽生えている。

誰かに相談したいところだが、そういう相手も身の回りにいなかった。

ともあれ店に戻ろうと、足早に歩いて蔵前通りに出た。

「まあ」

ばったりと、浅草寺方面からやって来た武家女と出会った。兄嫁だったお鶴である。

そうなると、知らんぷりはできない。そのつもりもなかった。

「先日は、お世話になりました。兄さんにまつわる、いい話を伺いました」

と思いのままを口にした。

「お役に立てたのなら、何よりです」

「浅草寺へのお詣《まい》りに、いらしたのですか」

お鶴と惣太郎は、伴って浅草寺へ行くことが度々あった。それを思い出して口にしたのである。

「はいそうです」

頷く顔を見て、この人はまだ亡くなった兄を思っているのだろうと察した。ごく微かに、表情に翳《かげ》がある。これは兄の月命日に出会ったときや、屋敷を訪ねたときにも感じた。ちくと、胸に小さな痛みがあったが、それは新五郎にどうにかできることではなかった。

「ずいぶん、お急ぎのようでしたね」

「いや。あれからいろいろありまして」

先日訪ねた時には、宇梶にまつわる話はしなかった。

「もしよかったら、そこで葛餅《くずもち》でも食べませんか。聞いていただきたい話があります」

通りにある甘味屋を指さして誘った。

「分かりました」

お鶴は伺いましょうという目で応じた。

飯台に向かい合って腰を下ろし、葛餅を注文した。出された茶を一口啜《すす》ってから、新五郎はこれまで見聞きした宇梶に関するすべてを伝えた。

『かつざ』と『かつじ』、山伏町にいたるまでの話である。札旦那である宇梶を、罪人にしたくないという気持ちを伝えた。

お鶴は、一つずつ頷きながら聞いてくれた。

「かつざとかつじは、似た名です。どちらにも近い他の名で、飾り物にまつわる稼業をしている人はいないでしょうか」

こちらの話が済んだところで、お鶴は言った。

人に話すことで、新五郎自身も頭の中で交ざり合っていたもろもろが整理できた。二人が同じ人物だとはっきりさせられれば、調べは進む。山伏町という地名も、まったく関わりがなければ出にくいはずだと考えた。

「わかりました。改めて、当たってみましょう」

新五郎は伝えた。女中が運んできた葛餅には、まだ手を付けていなかった。こちらが、夢中になって話していたからだ。

「あの人は、よく話していました。商いが繁昌するのは、大切なことだ。しかし商人だけが儲《もう》かるのでは、本当の繁昌ではないと」

　お鶴は、懐かしむ口調になっている。

「どういう意味ですか」

「商人と関わって、お客様も儲かる。客と共に栄えることが、末永い繁昌に繋がるのだと話していました」

「うむ」

　新五郎にしてみれば、初めて耳にする商いについての考え方だ。

「食べましょう」

「はい」

　お鶴の言葉で、新五郎は葛餅に手を出した。黒蜜に黄な粉がかけられている。兄嫁と二人だけで、向かい合って菓子を食べるなど思いもよらないことだった。

「兄が亡くなって、そろそろ四月になります。お鶴さまは、どこかへ嫁がれるのでしょうか」

　これは前から気にかかっていた。それでつい口に出してしまったが、言っている途中でどきりとした。こんなことを自分が尋ねるのは、不躾《ぶしつけ》ではないかと感じたからだ。

　葛餅を取ろうとしていたお鶴の楊枝が止まった。新五郎は、はっとした。済まないことを言ってしまったと、はっきりと後悔した。

しかしお鶴は、それで不快な顔をしたわけではなかった。

「後添えにという話は、ないではないのですが、今はまだそれを考えてはいません。私の気持ちの中に、惣太郎さまが残っていたら、相手の方にご無礼でございましょう」

「そ、そうですね」

新五郎は、慌ててそう言って葛餅を飲み込んだ。

「おいしいですね」

お鶴は止まっていた楊枝を動かした。ほんの少しだけ、泣き笑いのような顔になった。

新五郎の胸が、もう一度ちくと痛んだ。

お鶴はその弟である自分に対して、親しみを込めて接してくれている。同じ家で暮らしていたときにはろくに話もしなかったが、ここでほっと落ち着いた気持ちになったのは不思議だった。

もっと一緒にいたい気がしたが、葛餅はすぐに食べ終わってしまった。

「お手間を取らせました」

新五郎は礼を言った。

「何かあったら、いつでもどうぞ」

お鶴はそう言った。不躾なことを聞いたが、それを許してもらった気がした。代金は新五郎が払って、甘味屋を出た。

夕暮れにはまだしばらく間があるが、日差しは西に傾き始めている。平之助の顔が、頭に浮かんだ。

店を抜け出して、だいぶときがたっている。高田屋の商いが気になった。万一に備えるのも若旦那の役目ならば、早く戻らなくてはならない。

「それではこれで」

お鶴とは、店の前で別れた。

高田屋には、変事は起こっていなかった。新五郎はそれでほっとした。帳場格子の内側に腰を下ろしたところで、平之助が帰ってきた。

店を抜け出したことについては、気付かれなくて済んだ。新たな札旦那が、店にやって来た。

変わらない高田屋の商いが続いて行く。ただ新五郎は、かつじやかつざに近い名で山伏町に住む飾り物にまつわる稼業の者を探しては、と言ったお鶴の言葉を忘れたわけではなかった。

宇梶が医師豊斎に金を用意すると告げた日にちが近づいている。ときは、少しでも惜しい気がした。自らの足で山伏町へ行きたいところだが、それができないならば人を使うしかなかった。

小僧の卯吉を呼んだ。

「両国広小路に羽衣屋がやる手妻の小屋がある。そこにいる幸助という者を連れて来てくれないか」

と命じた。木戸番の幸助は目端の利く男だ。気心も知れているし、これまでもずいぶんと小遣いをやっていた。動いてくれると考えた。

四半刻《しはんとき》（約三十分）ほどで、幸助が姿を現した。

「へい。お呼びですかい」

くりくりとした目を、向けてきた。羽衣屋に頼んで抜けてきたのである。

「調べものをしてもらいたい」

宇梶については触れず、山伏町でかつじとかつざに近い名の者を探すようにと伝えた。幸助は、なぜそんなことをするのかは聞いてこない。

「分かりやした」

とだけ言って、差し出した五匁銀三つを受け取った。

幸助は、その足ですぐに山伏町へ向かった。

「新五郎の兄いには、世話になっているからなあ」

だから事情など伝えられなくても、役に立てればそれでいいと思った。自分が使えるやつだということを知らせたい、そういう気持ちもあった。

高田屋の若旦那になると決まったとき、もう羽衣屋へは顔を見せないのではないかと考えた。蔵前の札差といえば、江戸でも指折りのお大尽《だいじん》だ。跡取りにはなれないから、自分たちと付き合っていたと受け取っていた。

けれどもそういうことはなく、これまでと全く変わらない口調で声をかけてきた。それが嬉《うれ》しかった。

山伏町は初めて足を踏み入れる町だが、迷いもせずやって来られた。建物と建物の間や、道の端に雑草が繁っている。鄙《ひな》びた町だというのが、最初の印象だった。

まず初めに声をかけたのは、通りかかった豆腐屋の親仁《おやじ》である。

「その先にある青物屋の爺《じい》さんが、嘉津造《かつぞう》さんという名だけどね」

六十半ばを過ぎた歳だそうな。聞いているのは三十歳前後だから、これは違う。そこで木戸番小屋へ行って、中年の番人に尋ねた。新五郎から銭を惜しむなと言われているから、四文銭二枚を与えている。

「それならば、錺《かざり》職人の勝三郎《かつさぶろう》さんじゃないかね」

との言葉が返ってきた。歳は三十一歳で、半年ほど前から町内の長屋に住んでいるとか。

名が同じようで、年が重なるのはその男だけだった。

「又借りで長屋に入ったが、悶着《もんちゃく》を起こしたことは一度もない。店賃もきちんと払うから、大家さんはそのままにしているって聞いたけどね」

と付け加えた。

長屋の場所を聞いて、様子を見に行った。五軒ずつ二棟が並ぶ長屋で、けっして粗末なものではなかった。路地の掃除も行き届いている。

金属を叩く微《かす》かな音が聞こえてくる住まいがあった。そこが木戸番から聞いた勝三郎の住まいだった。仕事をしているらしい。

戸は開いたままになっているから、幸助は中を覗いてみた。引き締まった体付きの男が、細長い金属の棒を鑿《のみ》で打っていた。住まいや仕事ぶりに、不審な点はなかった。

長屋の木戸口へ戻ると、若い女房が子守りをしていた。幸助はここでも小銭を渡して問いかけた。

「勝三郎さんは、いつもああやって仕事をしているんですか」

「いや。そうでもないですよ。半々くらいだね。作った簪を売りに行ったり、親方の仕事を手伝いに行ったりしていると話していたけどね」

親方がどこの誰なのかは知らない様子だ。

「この近くで、親しく付き合っているような人はいませんか」

「さあ。長屋の人とは、顔を合わせれば挨拶はするけど、あんまり人付き合いはいい方じゃない。でも、たまに訪ねてくる人が一人だけいたっけ」

「どんな人ですか」

「職人仲間じゃないかね。身なりはいいから、親方かもしれない。歳は四十くらいで、鼻の頭が赤かった」

長居はしない。連れ立って、どこかへ行くのが常らしかった。

「他に、誰かが訪ねてくるのを見たことはないね」

生国は川越《かわごえ》だと言ったそうな。それが本当かどうかは、調べようがなかった。同じ長屋の他の住人からも、話を聞いた。

愛想は悪くない。しかし深い関わりを持とうとはしない男だった。

山伏町には、酒を飲ませる店が一軒だけあった。幸助は、その店にも行った。女中から話を聞いた。

「一人で来ることは、たまにありますよ。でも鼻の赤い人と来たことはありません」

町から離れたところで、話をしている模様だった。

七

幸助の姿が、蔵前通りの先へ姿を消した後、新五郎が手代をしていたときに受け持っていた坂崎五左衛門《さかざきござえもん》という札旦那が顔を出した。

家禄百六十俵で、浜御殿番という役に就いている御家人である。庭園の御用を受け持つ者で、家禄の他に手当金がつく。無役の者と比べれば、暮らし向きにはゆとりがある部類に入るはずだった。

それでも次の年の禄米を担保に、髙田屋から金を借りていた。

「今日はな、金を返すつもりで参った」

と言った。借りたいという札旦那ばかりの中で、こういうことはきわめて珍しい。

新五郎が、相手をすることにした。

貸付金額は、元利を合わせて八両三分になる。髙田屋の札旦那としては、貸金残高の少ない相手だ。仮にもし貸してくれと言ってきたら、喜んで融通するところだった。

「まあ、改めてもらおうか」

坂崎は、懐から袱紗《ふくさ》包みを取り出した。開くと小判と小粒の銀が現れた。新五郎は、中身を数えた。

「間違いなく、八両三分ございます」

改めたところで、告げている。借用証文を返し、金子の受取証を出さなくてはならない。

「それにしても、見事にご用意をなさいましたね」

新五郎は言った。借金がなくなれば、さぞかし清々するだろう。

「まあな。家宝の品を、事情があって手放した。余った金子を、返済に回したのだ。手元に置いておけば、使ってしまうからな」

満足そうな顔で坂崎は言った。新五郎が頷いている横に、平之助がやって来て座った。にこやかな笑顔を、向けている。

「さすがに坂崎様。律儀でいらっしゃいますな。感服いたしました」

しみじみといった顔だ。そのまま続けた。

「ただ暮らしは、油断のならぬものでございます。幾分かでも、お手元に置かれておいた方が、よろしいのではありませんか」

慇懃《いんぎん》な言い方をしている。しかし腹の底は、新五郎には見て取れた。金を貸すという立場からすれば、返金を受けたからといって嬉しいわけではない。次年度の禄米を、担保に取っている相手であった。

貸しておけば、利息を取れる。

平之助は、金貸しの番頭としては有能な男だった。押し付けてはいないが、発した一言が坂崎の気持ちを動かしたらしかった。

「そうさな」

差し出した金子に、坂崎は目をやった。

その様子を、平之助は穏やかな眼差しで見詰めている。

「狸《たぬき》めっ」

新五郎は胸の内で吐き捨てた。

手元にあれば、つまらぬことで使ってしまうかもしれなかった。それではいつまでたっても、借金は減らない。

「いや。これで貸し借りはなくなったことにいたしましょう」

金子に手を出しながら、新五郎は言った。

借金など、ない方がいいに決まっている。坂崎が返済をやめれば、儲かるのは髙田屋だけだった。

『商人と関わって、お客様も儲かる。客と共に栄えることが、末永い繁昌に繋がるのだ』

先ほどお鶴から聞いた、兄の言葉が耳に蘇っている。

「番頭さん、手続きをしていただきましょう」

自分は若旦那だ、という気持ちで新五郎は告げた。

「かしこまりました」

平之助は、気持ちを一切うかがわせない表情で応じた。返済の手続きを、滞りなく済ませた。

坂崎が引き揚げて行った後、ふうとため息が出た。

平之助が近づいてきて、耳元に口を寄せて言った。

「新五郎さんは、お若いですな」

咎め立ててきたのではない。しかし若旦那と呼ばなかったところに、平之助の不満が潜んでいると感じた。

それから四半刻ほどして、外出していた父弥惣兵衛が帰ってきた。

「森田《もりた》町の大口屋《おおぐちや》さんのご隠居が、病だそうだ。これから見舞いに行く。お前もすぐに支度をしろ」

と命じられた。森田町は、蔵前通りを浅草寺方向に歩いたところにある。大口屋は、古くから付き合いのある札差だった。

隠居は、七十に近い歳だそうな。病に臥《ふ》したとなれば、同業としてそのままにはできない。

小僧に進物の品を持たせて、隠居所へ行った。隠居所は森田町ではなく、大川河岸の花川戸《はなかわど》町にあった。

広くはないが、黒板塀に囲まれた見越しの松が見える瀟洒《しょうしゃ》な建物だった。

「おう、新五郎さんもお出《い》でくだされたか」

案内された病間は、床の間のある十二畳だった。床の間に、彩色された孔雀《くじゃく》の絵がかけられている。凝った作りの香炉から、極上と思われる香が煙を上げていた。

老人は介護の女中に支えられて、半身を起こした。羽二重の寝間着を身に着けている。

「いやいや、ご隠居の身が案じられましてね」

弥惣兵衛が言った。見舞いの品は、唐三盆砂糖で拵えたかすていらだ。

「どうもな、咳が出ると止まらなくなります。朝鮮人参を飲んでいますが、あまり効き目がありません」

かすれる声でそう言った。

新五郎はふっと、宇梶の屋敷で見た娘由の姿を思い出した。労咳に苦しむ子どもだが、隠居のような看護は、とうてい受けられない。

あの子はかすていらなど、存在さえ知らないだろうと新五郎は思った。

「お大事にしていただかなくてはなりません」

弥惣兵衛は、親身な声を出した。

隠居とは商いの話もした。新五郎は、これには加わらない。黙って聞いているだけだった。

病人は疲れるから、病間で長居はしない。しかし大口屋の主人が来ていて、席を替えて一献という話になった。

「若旦那もご一緒に」

と言われて、同道することになった。浅草寺門前近くにある料理屋へ移った。

店を閉じたら、宇梶を訪ねてみようと新五郎は考えていた。昨日は留守で、会うことができなかった。それが気になっている。

出向いた料理屋には、他の札差も現れた。

「新五郎さん、しっかりおやりなさいよ」

と、酒を注《つ》がれる。抜け出す機会を得られなかった。

酒席が閉じられたのは、そろそろ五つになろうという刻限だった。ずいぶん酒を飲まされている。

高田屋へ戻ると、暗がりから幸助が姿を現した。ずっと帰りを待っていたのだ。

「ご苦労だったな」

まずはねぎらってから、話を聞いた。勝三郎という錺職人についてである。鼻の赤い、親方ふうについてもだ。

「そうか。とうとう赤蠍が現れたな」

新五郎は、そう確信をした。腹の底が熱くなる。

「お役に立ちましたかい」

「もちろんだ」

そう応じると、幸助は嬉しそうな顔をした。

こうなると、気になるのは常州屋だった。宇梶が金を手に入れると医師豊斎に言ったのは、あと二日後のことだ。

昼日中に押し入るとは考えられない。だとすれば、今夜か明日の夜となる。と考えたら、酔いは一気に醒《さ》めた。

「おい、おれにつき合え」

新五郎は、幸助に言った。

襲うとするなら、町木戸が閉まった後の深夜になるだろう。しかし今夜襲うならば、常州屋の周辺には、必ず何かの痕跡があるはずだと予想した。

すでにどこかに、潜んでいるかもしれない。

二人で常州屋へ行った。この段階で、幸助にはすべてを話した。

「ほ、本当ですかい」

声を詰まらせた。しかしそれは、怯んだのではなさそうだった。

慎重に、店の周囲を調べた。しかし不審な点はなかった。

「もう一度、あっしは山伏町へ行ってきやす。もし勝三郎がいたら、そのまま見張りやす。いなかったら、それこそ怪しい。すっ飛んで帰ってきますぜ」

「済まないが、そうしてもらおう」

それが一番確かな手立てだと思った。

夜の蔵前通りを、幸助は駆け出して行った。

八

追い立てられるような気持ちで、新五郎はときを過ごした。半刻しても、幸助は戻ってこない。

じっとして待つのが、これほど辛《つら》いとは気が付かなかった。

「宇梶様の屋敷へも、確かめに行くべきだった」

とも考えた。これは自分が行けば済む。ただ山伏町の方が近い。すぐに事情が知れるとの判断があった。また宇梶には病の娘由がいる。屋敷へ行って門扉を叩くことに、微かな躊躇《ためら》いもあった。

もちろん勝三郎がいないとなれば、話は別だ。そのときは、何が何でも宇梶を探すつもりでいた。

髙田屋の店に戻ったとき、六造が声をかけてきた。留守の間に、宇梶が訪ねてきたというのである。

「昨日の見舞いの、礼を言いに来たと話していました」

「礼だって」

「そうです。卵はありがたかったと」

「変わった様子は、なかったか」

「ありません。いつもと同じでしたが」

かなり仰天した。ただ律儀な男だとは思った。

そんな宇梶が、今夜押し込みをするか。それも頭にあった。

四つを告げる鐘が鳴った。それでも、幸助は戻らなかった。勝三郎を見張っているはずだった。変事があったときだけ、知らせてくる。

だからといって、寝てしまう気持ちにはならなかった。

新五郎は店の裏木戸から、外へ出た。月明かりがあるだけの夜の道を歩いた。

すでに町木戸は閉じられているが、木戸番小屋にだけは明かりが灯っていた。番人とは顔見知りである。木戸を開けてもらって、瓦町へ入った。

町は闇の中に沈んでいる。動くものは、野良犬一匹なかった。

もう一度、常州屋の周囲を見て回った。どんなに小さな点でも見逃さない。そういうつもりだった。

しかし不審なことは何もうかがえなかった。

「今夜はないかもしれない」

新五郎は呟いた。

寝床で横にはなったが、すぐに眠りについたわけではなかった。うつらうつらしたところで、新五郎ははっと目を醒ました。

幸助のことが気になった。盛夏の夜だから、軒下に潜んでいたとしても風邪を引く怖れはない。しかしまんじりともしない気持ちで、様子をうかがっているのだろうと考えた。

建物の中に、人の動く気配があった。それで新五郎は目を醒ました。

外はまだ薄暗いが、朝になったのだと気が付いた。すぐに店の外へ出たが、幸助がやって来た気配はなかった。瓦町の木戸番小屋へ行って聞いたが、通りに変事はなかったと伝えられた。

「そうか」

少しほっとした。

東の空から、眩しい朝日が当たってくる。今日も暑くなりそうだった。

店の商いが始まった。さっそく、二人の札旦那が顔を出した。蔵前通りには、人や荷車が行き交うようになった。

そしてまた一人、また一人と客がやって来た。

話が長引いて、気が付くと昼に近い刻限になった。途中幸助のことが気になったが、どうにもならなかった。

しぶとく居座っていた札旦那を帰して、ほっと一息ついたとき、店の入り口に幸助の顔が見えた。汗びっしょりで、息を切らせていた。

裏へ回らせ、まずは水を飲ませた。

「き、消えちまったんですよ。勝三郎の野郎が」

面目ない、という顔で言った。

「詳しく話してみろ」

「へい」

幸助は、勝三郎が部屋にいるのを確かめた後、長屋の木戸門脇に腰を下ろした。出入り口は一か所しかなかったので、そこで見張ることにしたのである。

何度かうとうとしたが、人が通ればすぐに目が醒めたと言った。朝になっても、井戸端で洗面をする勝三郎の姿を目に止めていた。

「でもね。ちょいと腰を下ろしたら、寝ちまいましてね。目を醒ましたら、いなくなっていたんです」

長屋の者に聞くと、四半刻ほど前に出て行ったと教えられた。もちろん誰も、行先など聞いていない。いつもと変わらない気配だったと伝えられた。

夜中の間も、幸助は緊張して起きていたのかもしれない。それでつい、うとうとしてしまったのだ。責めるわけにはいかなかった。

「朝飯は食べたか」

「ふかし芋を一つ」

「ならばまずは、昼飯を食べろ」

すでに台所では、食事の支度ができていた。幸助に食べさせた。新五郎も、付き合って食事を済ませた。

宇梶が豊斎に薬代を払うと言った日にちを勘案すると、今夜あたり押し込みがありそうだ。ならば、店でぼやぼやしてはいられない。

平之助から説教されるのを覚悟の上で、店を抜け出すことにした。宇梶に押し込みをさせては、死ぬまで後悔する。またお鶴にも、顔向けができない気がした。

いやそれだけではない。一番申し訳が立たないのは、惣太郎に対してだった。

昼飯を済ませたところで、新五郎は幸助と台所口から外へ出た。

向かったのは山伏町である。もう先のことは考えない。勝三郎の長屋を当たってみるつもりだった。

強い日差しが中天にある。蟬の音があちらこちらから耳に響いてきた。

勝三郎は、部屋に戻ってきていない。それでもかまわず、腰高障子を開けて中に入った。

部屋の中は、片付いていた。金属の切れ端が、木箱の中に入れられている。古い錠前の部分らしいものも、中に交ざっていた。

「錺職人というよりも、錠前職人といった気配ではないか」

「そうですね」

新五郎の言葉に、幸助は頷いた。錠前職人という言葉に、目を光らせた。盗人仲間の中には、なくてはならない役割を担うはずだ。

「でも、鑿とか金槌《かなづち》といったものがありませんね」

幸助が続けて言った。

「道具を持ち出しているとなると、もうここへは戻らないつもりかもしれないな」

心の臓がきりりと痛くなった。自分の推察が、当たっている気がしたからである。

二人で、表通りへ出た。新五郎へ知らせに来る前に、幸助は町の者に勝三郎の行方を知る者はいないか聞いて歩いている。行先は知らないが、姿を見た者はいた。その一人が、木戸番の女房だった。

「どちらの方へ、歩いて行きましたか」

これは幸助も尋ねていたが、もう一度新五郎が念押ししたのである。すると傍にいた亭主の方が、反応した。

「勝三郎さんならば、幡随院《ばんずいいん》の近くで見かけましたよ」

幡随院へ行った。このあたりでは名の知られた大きな寺である。山伏町と同じくらいの広さの門前町もあった。何軒かの茶店と花屋などが並んでいる。

まず山門前の、花屋の店先にいた中年の親仁に、幸助が声をかけた。

「勝三郎という三十絡みの職人が、朝ここを通ったらしいんだが、気が付きませんでしたか」

「ええっ。誰かね、それは」

当人を知らなければ、応えようのない問いかけだ。

「道具箱を持っていたはずです。もしかしたら、鼻の赤い四十絡みの歳の男と一緒だったかもしれません」

新五郎が、言い直した。

「ああ、それならば。あそこの茶店で、話をしていた」

それで指さしされた茶店へ行った。

おかみらしい三十代後半の女も、道具箱を持った男を覚えていた。

「ええ、待ち合わせていたんだと思います。赤い鼻の男の人が来て、かつと呼びかけました。それから少し話をして、二人であっちの方へ歩いて行きました」

行ったのは、浅草寺の方向だ。どちらも険しい顔つきだったとか。

「いよいよってえことでしょうか。そうなると、もう一人のお武家とも、どこかで待ち合わせているんでしょうね」

幸助が言った。

「よし。宇梶様の屋敷へ行こう」

もう一刻の猶予もできないところへきたと感じた。赤蠍の仲間に加わるつもりならば、何としても押し込みの前に会って、気持ちを翻させなくてはならない。罪人になる前にである。

本所の、宇梶の屋敷へ急いだ。

九

昼下がりの炎天下、下谷から本所横川に近いあたりまで急ぐのは楽ではない。新五郎にしても幸助にしても、昨夜は充分な睡眠をとっていなかった。

水売りや、麦湯を飲ませる露店を見かけると、そこで立ち止まった。がぶがぶと飲んだ。

そして宇梶の屋敷の前に、ようやく辿《たど》り着いた。

「ごめんなさいまし」

新五郎が声をかけた。

「まあ、高田屋どの。先日は、まことにありがとうございました」

顔を見せた妻女の早紀は、汗みどろになっている二人の男を目にして、かなり驚いた様子だった。それでも新五郎を認めると、まずは卵の礼を口にした。

「あ、いや。宇梶様はおいででしょうか」

何よりも、これが気になった。

「それが、昼前に出かけましたが」

申し訳なさそうに応えた。

「行先は」

「言いませんでした。どなたかに会うとのことで」

帰りは遅くなると、言い添えていたそうな。いつもと比べて、どこか緊張した気配があったとか。

「なるほど」

新五郎は自分の顔が、厳しいものになったのを感じた。早紀はそれが気になったようだ。

「何か、あったのでございますか」

と問いかけてきた。不安そうな顔つきになっている。

「決めつけることはできませんが、あるいは何かが起こるかもしれません。私は札旦那である宇梶様が、困ったことにならないのを願っています。そこで、お話を伺いたいのです」

丁寧な口調で伝えた。

「どうぞ、中にお入りくださいませ」

早紀は新五郎と幸助を、門内に招き入れた。

屋敷内に入った二人は、台所の上がり框に腰を下ろした。

「夫は、何をしようとしているのでしょうか」

真っ先に問いかけてきたのは、これだった。気になっていたふしが、あったのだと思われた。

「この数日、ご様子が違ったのですね」

「金子を何とかすると、話していました。高田屋さまは、ご用立てくださいますのでしょうか」

宇梶は、金を札差から借りると言っていたらしかった。

「いえ、それはありません」

店として、貸せない理由《わけ》を伝えた。早紀の顔色が変わった。

「ならば、どうやって……」

途方に暮れている。

「ですから、何事も起こらないようにと願って、お伺いをしました。どんなことでもかまいません。少しでも様子がおかしいふしがあったら、お話しいただけませんか」

新五郎は伝えた。今ならば、まだ間に合うと思っている。

半べその顔で、早紀は考え込んだ。宇梶の小さな仕草の一つ一つを、思い浮かべているのかもしれなかった。

「あの人は、出かける前に由を膝の上に抱き上げました。そして外手町《そとで》の墨堤から見た桜はきれいだったなあと話していました」

外手町というのは浅草川の本所側で、両国橋と大川橋の中間にある。対岸は、御米蔵の北のはずれにあたった。このあたりの川の堤には、桜の木が植えられている。春になると、一面に花を咲かせた。

花見の名所として名高い。

「去年、まだ由の病がなかったときに、三人で参りました。それを思い出した様子でした」

「うむ」

それが、今夜あるかもしれない押し込みに、関わりがあるとは思えなかった。

「他にはどうですか」

問いかけを続けた。

「昨夜は、そういえば刀の手入れをしていました」

声が、少し震えている。数か月ぶりのことだとか。

身なりは、濃い焦げ茶色の着物と袴《はかま》だった。足袋《たび》は履いていなかった。

「鼻の頭が赤い、四十前後の男が訪ねて来ませんでしたか」

「ないですね。そういう方の話も、聞いていません」

行先の手掛かりを摑むことはできなかった。早紀は明らかに怯えている。何かをしでかすのではないかと考えているからだ。夫の変化に気付かなかった自分を、責めているかもしれない。

「何であれ宇梶様については、精いっぱい捜します。あの方が、御法に触れるようなまねを、なさるわけがありません」

これは今でも、新五郎が思っていることだった。

「次は、常州屋ですね」

宇梶の屋敷を出たところで、幸助は言った。他に、探りを入れる先はなかった。

南割下水を、西に向かって歩く。強い日差しが、正面から迫ってきた。それでも夕暮れどきというには、まだ間があった。

米俵を積んだ荷車が、土埃を上げて目の前を行き過ぎた。蔵前通りも常州屋も、いつもとまったく変わらない。

顔見知りの手代や番頭の姿が見えた。けれどもその者たちに声をかけるつもりはなかった。何事もないと応えられるのがおちだと分かっている。

裏口に回った。

前に話を聞いた女中を、呼び出した。今日は五匁銀一つを、帯の間に押し込んでやった。

「かつじは、今日顔を見せていませんか」

「ええ、昼前に来ましたよ。これを貰いました」

髪に挿している櫛を抜いて差し出した。安物の櫛だ。

「何をしに来たのですか」

「小間物を売りに来たんですよ。いつもと同じです」

「どんな話をしましたか。何か、尋ねてはきませんでしたか」

「そういえば、何か聞いてきましたね」

女中は考え込んだ。そしてあっという顔になった。

「うちの若旦那のことです。ああ、今夜は、本所の寮に泊まるかどうか聞いてきたんです」

「本所の寮だって。それはどこですか」

「外手町ですよ。あそこは桜がきれいなだけじゃなくて、川が一望に見渡せますからね。お客さんを呼んで商いの話をすることもあるんですよ。終わったら、酒宴なんかして」

　常州屋には、墨堤に寮があるという話を思い出した。

「それが外手町か」

　と声に出してから、新五郎は幸助と顔を見合わせた。宇梶の妻女の口からも、同じ町の名が出てきた。

「なるほど」

　腑に落ちるものがあった。宇梶は、意味もなく桜の名所である町の名を口にしたのではない。これから出かける先だったから、あえて口にしたのではないかと考えたのである。

「今日は、寮で何かがあるんですね」

「詳しいことは知りませんけど、お客さんが来るっていう話は聞きましたよ」

「米蔵でもあるんですか」

「そんなものはありませんよ。でもね、大事なものをしまっておく土蔵はあるみたいです」

　秘密を打ち明けるような顔をして言った。女中は、寮にも手伝い仕事で行ったことがあるとか。

ただ、それ以上の話は聞き出せなかった。台所へ戻らせた。

「金の支払いでもあるんじゃないですかね」

「そうだとすれば、今夜はまたとない機会になるな」

浅草川の土手にも近いなら、金を奪った後、逃げるのにも便利だ。二人は顔を見合わせた。

十

新五郎と幸助は、両国橋を東に渡った。さらに浅草川を左手に見ながら、河岸の道を川上に向かう。西日だけでなく、川面の照り返しも強くて眩しかった。

吹き抜ける川風も、やけに暑苦しかった。

対岸には、御米蔵の広大な敷地が広がっていた。五十四棟、二百七十戸前の米蔵が並ぶ。そこには廻漕荷揚げの便を図って、一番堀から八番堀までの堀割があった。今もその一つに、大型の荷船が入っている。

この御米蔵を、新五郎は毎日蔵前通り側から見ている。川を越した東側から目にすると、微妙に違う景観だった。

西日が強いので、建物の陰になる部分は、すでに薄闇に覆われている。

しばらく大名屋敷が続く。これが一通り済んだところに現れるのが外手町だった。川に面した高台に、瀟洒な二階建ての建物が見える。

「あれが常州屋の寮ですね」

幸助が、指さしをして声を上げた。垣根に囲まれた敷地は、ざっと見て千坪以上はありそうだ。しかも両脇に建物が見えないから、墨堤の景色は一望に見渡せるだろうと予想がついた。

屋根瓦が、西日を浴びて輝いている。

寮に近い川端に、小さな船着き場があった。曲がりくねった道が続いて、それが寮の門と接していた。

二人で、周囲に目を凝らした。空き地もあれば、小さなしもた屋もある。ただ誰かが潜んでいる気配はうかがえなかった。行ってみると真新しい冠木門《かぶきもん》で、頑丈な造りになっていた。今は門扉が閉じられている。

垣根の隙間から中を覗いた。手入れの行き届いた庭で、人の話し声が聞こえた。客が来ているというのは、本当らしかった。

通りかかった商家の小僧に、新五郎は声をかけた。締めた前掛けに、味噌《みそ》醤油と文字が染め抜かれている。

「お前は、このお屋敷に出入りをしているか」

「へい。品を届けに上がります」

そう応えたので、小銭を与えた。

「客の出入りは多いのか」

「普段はひっそりしていて、番の人やご隠居さん、女中さんがいるくらいです。でもお客さんが来ると、賑やかです。仕出しの料理を取ったりしています」

「客は泊まるのか」

「さあ、宴席がはねたら帰るんじゃないですか。迎えの駕籠《かご》が来ているのを見かけますから」

「このあたりで、三人連れの不審な者を見たという話は聞かないか。一人は鼻の赤い男で、一人は侍だ」

「いえ、耳にしたことはありません」

ともあれ、これで放免した。

「蔵前ではなくて、こっちでやるんでしょうか」

「たぶん、こちらだろうな」

動きからすれば、十中八、九、今夜ある。ただ瓦町の店かもしれないという気持ちは、どこかに残っていた。だから幸助は、迷う言葉を口にしたのである。

ただ新五郎にしてみれば、宇梶が出がけにわざわざ外手町の桜について触れたことを踏まえると、こちらだと考えないわけにはいかなかった。

「いずれにしても、明るいうちは姿を見せまい」

新五郎と幸助は、船着き場と寮の間にある民家に入った。銭を渡して、日が暮れるまで置いてもらうように頼んだのである。

すでに高田屋では、自分の不在が明らかになっているだろうと思った。紙と筆を借りて、帰りが遅くなる旨を書き記した。それを幸助に持たせた。

「手代の六造に渡せ」

と命じた。

部屋に入って座っていると、眠くなった。昨夜は充分には寝ていない。しかしそれは、使いに行っている幸助も同じだと思った。

浅草寺の暮れ六つ（午後六時頃）の鐘が鳴る前に、幸助が戻ってきた。

「番頭さんは、お冠だそうですよ」

と伝えられた。文は、六造を呼び出して手渡したのである。ここまできたら、叱られるのは覚悟の上だった。

暮れなずむ夏の日も、ようやく西の彼方に落ちた。残照が、空の低いあたりに残っている。

常州屋の寮に変化はない。冠木門が開いて、二丁の駕籠が出て行った。宴席が閉じて、客が引き揚げて行ったところだと解釈した。

民家の女房に握り飯を拵えてもらい、腹ごしらえをした。食べ終わる頃には、あたりは真っ暗になっていた。

寮の冠木門から道を挟んだところに、雑木が繁る空き地がある。新五郎と幸助はその中に潜んだ。そこからならば、船着き場も視界に入れることができた。

火を灯していない提灯と煙草《タバコ》用の火種、武器になりそうな長めの棒を、民家から借りていた。後は、姿を現すのを待つだけだった。

「何としても、敷地内に足を踏み入れる前に宇梶様を捜し、押し込みをやめさせねばなるまい」

と、新五郎は呟いた。

目指すのは、赤蠍やその仲間の捕縛ではない。逃げられてしまうならば、それでもかまわないと考えていた。押し込みを未然に防ぎ、宇梶を罪人にしないことが目的だった。

常州屋の寮には、明かりが灯っている。話し声など、もちろん聞こえない。

そうやって、一刻ばかりが過ぎた。人通りはきわめて少ない。ごくたまに、提灯を持った人影が通り過ぎるばかりだった。

「そろそろ来ても、よさそうですね」

幸助が、痺れを切らせたように言った。

さらに半刻ほどして、一つだけ残っていた寮の明かりがついに消えた。起きていた者も、寝床に就いたのだと思われた。もう近隣で明かりを灯している家は見えなくなった。

浅草川の対岸では、明かりのある家がまだ目につく。しかしこちら側では、夜は深まっていた。

月明かりだけが、淡く家の屋根を照らしている。

「赤蠍らは、本当にこちら側へ来るのか」

新五郎の胸では、少しずつ不安が大きくなっていた。瓦町へ様子を見に行きたい気持ちを、ぐっと押さえつけた。

そのとき、船着き場の方の闇に、何かが動く気配を感じた。心の臓が、どきりと大きな脈を打った。闇の奥に、目を凝らした。

黒い人の影だ。それが近づいて来る。

「あれだっ」

と確信した。明かりを灯さないで来るのが、なによりもの証拠だった。幸助も気付いたらしい。生唾を呑み込む音が聞こえた。

影は二つだ。そのうちの一つが、二刀を腰に差していた。月明かりだけでも、それは分かった。

新五郎は、煙草用の火種から提灯の蠟燭《ろうそく》に火をつけた。淡い明かりが、あたりに広がった。

それを持って、道に出た。長めの棒は、幸助に持たせている。

このときには、黒い影は闇の中に紛れていた。人の気配も感じさせない。

「宇梶様」

ここで新五郎は声をかけた。闇はしんとしている。提灯の明かりは、周辺の道を照らすばかりだ。しかし潜んでいる者たちからすれば、こちらの顔は識別できるだろうと考えていた。

言葉を続けた。

「由さまと桜をご覧になったこの土地を、穢《けが》してはなりますまい。由さまは、来年の桜を、ここで見たいとおっしゃっていましたぞ」

慌てない。はっきりと言葉が聞こえるようにと心を配った。

すると道端の闇の一画に、草木が揺れる気配があった。潜んでいるのが宇梶ならば、今の言葉は必ず気持ちを揺さぶると考えた。

「私と、悪党どもを取り押さえましょう。まだあなた様は、罪を犯してはいません」

すると道端ではない闇の向こうから、何かが飛んでくる気配があった。それを提灯で払った。

先の長い、鉞のようなものだった。

ぼうと提灯が燃えている。駆け寄ってくる、殺気を帯びた人の気配があった。

幸助が差し出した棒を、新五郎は受け取った。その直後に、長脇差が襲いかかってきた。覆面、黒装束の男だった。

「やっ」

棒を振って、刀身を払った。体を横に飛ばして身構えた。こうなるだろうと、覚悟はしていた。

「赤蠍の一味だなっ」

新五郎は叫んだ。そのまま宇梶を連れ出せるとは、思ってもいなかった。

「くたばれっ」

新たな一撃が、闇の中から振り下ろされてきた。速い。勢いのある一撃だった。新五郎も負けてはいない。前に出ながら、小手を狙った。

かわされて、肩と肩がぶつかった。岩のように硬い体だったが、弾《はじ》き飛ばされることもなく、すれ違った。

このとき新五郎は、こちらの爪先で相手の脹脛《ふくらはぎ》を突いている。それで向こうの体が、わずかに揺れた。

その隙を逃さない。肩先目がけて、棒を振り下ろした。

だが横から、躍り込んできた者があった。突棒のような長いもので、こちらの棒を払い上げた。まったく予期しなかったので、新五郎は慌てた。

体勢を整える間もなく、次の一撃が襲ってきた。棒の先が、びゅうと音を立てている。

棒と棒がぶつかる鈍い音がした。反撃に出たかったが、こちらの手は、衝撃で痺《しび》れていた。

次の瞬間、打たれるのを覚悟した。

だが賊は新五郎に対して、一撃を振るってこなかった。向きを変えて、刀を構えている侍に対峙《たいじ》したのである。

「いかにも、こやつらは盗人だ。わしも、娘の名を聞いて目が醒めたぞ」

宇梶の声だった。

これで目の前の相手と一対一になった。こうなれば、新五郎は引けを取らない。長脇差を握った男に、攻め込んだ。

がしがしと刀身と棒がぶつかった。

「覚悟っ」

叫んだ新五郎は、相手の肩先に棒を打ち込んだ。骨のくだける気配が、掌に伝わってきた。

「わあっ。賊だ賊だ。盗賊を捕えたぞ」

幸助が叫び始めた。

見ると宇梶も、賊の腹に峰で一撃を打ったところだった。黒装束の男が、前のめりに倒れ込んだ。

近隣の者たちが、手に手に得物を持って現れた。松明《たいまつ》を手にした者もあった。倒れた二人の賊を、縛り上げた。

顔を隠している布を、剝ぎ取った。鼻の赤い男と勝三郎だった。

第三話　消えた縁談

一

赤蠍の巌七と配下勝三郎を捕えたという報は、その夜のうちに月番の北町奉行所へ届けられた。肩の骨を砕かれたのは、勝三郎である。

二人はそのまま、翌朝になって大番屋へ移送された。

「宇梶彦之助も、おれたちの仲間だ。三人で常州屋の寮を襲う段取りだった」

巌七と勝三郎は、そう証言をした。

その日は、米俵の代金しめて百五十両が常州屋の寮で支払われるという話だった。勝三郎が耳にして、払う側の状況も調べていた。寮の金蔵には、他に二百両ほどの金子があることも摑《つか》んでいた。

「初めは話も聞かなかったけどよ、娘の薬の話が絡んでからは、腹をきめていたんだ」

　巌七はそう言った。

　しかし宇梶彦之助への問い質《ただ》しは、御目付衆によって行われた。宇梶は家禄百二十俵の無役ではあるが、直参であることには変わりはなかった。

　さらに担当の者に、徒目付《かちめつけ》の門伝丞之助が事前に耳打ちをしていた。門伝は吟味に関わらなかったが、担当の者とは顔見知りだった。

「宇梶殿は、名うての盗賊を捕えるために、仲間になった振りをしたのですよ」

　事実、宇梶は賊を捕えるために力を貸していた。

　何よりも、賊を捕えた札差髙田屋の若旦那新五郎や本所外手町の住人の証言は大きかった。盗人のたわごとなど、吟味方与力は聞き入れない。

　新五郎と門伝は、吟味が始まる前の段階で打ち合わせをしていた。

　巌七や勝三郎は、薬代に心を痛めていた宇梶の弱みに付け込んで仲間に入れようとしたのである。万一に備えて、腕利きの侍が欲しかった。「かつじ」や「かつざ」は、勝三郎の変名だった。

　結果としては、直参の侍が名うての盗賊捕縛に力を貸したという形で、処理がなされた。巌七らには余罪があり、獄門は免れない。

命懸けの手助けをした幸助には、たっぷりの小遣いをやった。

「へへへ。またお声掛けをくださいい。どんなことだって、やりますぜ」

大事そうに、金子を懐へ押し込んだ。

捕縛がなされたその夜、店にもどった新五郎は父弥惣兵衛の部屋へ呼ばれた。そこには母のお邑、それに番頭の平之助の姿もあった。

事情については、すでに奉行所の小者が伝えている。

「お前は、勝手な動きが多すぎる。折々店を抜け出していたというではないか」

「はあ」

弥惣兵衛は、烈火のごとく怒っているわけではない。江戸で怖れられていた盗賊を捕えたのである。しかしそれを喜んでいる様子でもなかった。

「札差《ふださし》を稼業にする者は、捕り方ではない。それぞれの役割というものを、心得ねばなるまい」

そう言われて、新五郎は自分が札差だから、札旦那を守るために捕り方の真似《まね》をしたのだと返答したかった。

しかしそれを口にしたら、宇梶は盗人の仲間になっていたことを、明らかにしてしまうとも考えた。喉元まで出かかった言葉を吞《の》み込んだ。

「そうだよ。惣太郎は、勝手に店を抜け出したりなんてしなかった」

これは母の言葉だ。

「分かりました。気を付けます」

新五郎は、両親にだけでなく平之助にも頭を下げた。


翌々日になって、宇梶が店にやって来た。

「かたじけない。そこもとのお陰だ」

深々と頭を下げた。仲間に加わっていれば、薬代どころではなくなる。お家断絶で斬首、妻女と娘由は路頭に迷うところだった。

「それがしの心に、弱さがあった。きっぱりと断ることができなかった」

宇梶は呟《つぶや》いた。

一件落着といきたいところだが、実際はそういうわけにはいかない。医師豊斎の手元にある妙薬を、手に入れられなかった。宇梶家を襲っている困窮が、なくなったわけでもない。

由に養生をさせるなど、夢のまた夢だ。罪人にならずに済んだというだけである。

「髙田屋としては、新たな貸し出しはできません。他の形で、お役に立たせてくださいまし」

そう口にするしか、新五郎に言葉はなかった。

「分かっておる。決まりとあれば、仕方があるまい」

明日からは、また人足に交って荷運びをするのだろうと聞かなくても分かった。

宇梶は剣の腕が立つだけではない。情もあり、分別もある男だ。他にも使い道はあると考えた。

「何か、稼ぎに繋《つな》がる道はないのでしょうか」

功刀源六には、書の腕があった。お鶴の父都築貞右衛門は、柄巻の工夫をした。どちらにも、暮らしを助ける技が備わっていた。それに気づかなかっただけである。

「それがしには、剣の腕前があるだけだ。他に取り柄などござらぬよ」

直参の侍に、博奕場《ばくちば》の用心棒などさせられない。自信と誇りを持ってできる何かを、させなくてはならなかった。

しかしその目当てが、まったく浮かばなかった。

その件については、時間を取ってじっくり話そうと思った。このまま終わらせるつもりはない。

宇梶が去った後、神田の米問屋へ出かける用事ができた。平之助が行くべき相手だったが、他の用で手が離せない。そこで新五郎が出かけた。

そう手間取らずに、役目が済んだ。そこで新五郎は、浜町河岸にある都築貞右衛門の屋敷を訪ねることにした。四半刻《しはんとき》（約三十分）ほどで、引き上げるつもりである。

お鶴には、宇梶についての話を聞いてもらっている。その顚末を伝えなくてはという気持ちもあった。

落雁を手土産にして、門前に立った。貞右衛門は留守だったが、お鶴はすぐに会ってくれた。

「よろしゅうございましたね」

宇梶と赤蠍にまつわる一切を伝えると、笑みを浮かべて言った。赤蠍の巌七が捕えられたのは、読売でも伝えられた。しかし記載された記事は、おもしろおかしく書き換えられていた。

真実を伝えたのである。

「札差として、札旦那のお役に立てましたね。惣太郎さまも、満足をしておいでではないでしょうか」

お鶴は言い足した。両親や平之助が口にしなかったことを、言ってくれた。新五郎には、それが何よりも嬉《うれ》しかった。

「ただ、それで事が済んだわけではありません」

　これが、気持ちに残っていた。宇梶への力添えについてである。兄ならどうするのだろうと、ずっと考えていた。

「由さまの、病の件ですね」

　すぐに察したらしく、お鶴は顔を曇らせた。

　先ほど宇梶と交わした言葉について伝えた。取り柄がなければ、稼ぐ手立ては浮かばない。

「人には、気付かない取り柄というものがあります。功刀様の書も、初めは金子を稼げるとは考えていませんでした。惣太郎さまが気付いて、お勧めになったのです」

「はて」

　自分は宇梶について、詳しいことは何も知らないと思った。

「新五郎さまは、どのようなところで後押しができるのか、それをお考えにならなくてはなりますまい」

　明確な答えはもらえない。しかし兄がしようとしていたことならば、自分もしなくてはとその気持ちは変わらなかった。

「惣太郎さまは、あなたを見守っていますよ」

言われて、どう返事をしたものかと困惑した。

二

札差の本来の仕事は、年に三度ある切米の折に、札旦那の受け取る禄米の代理受領とその換金である。しかしそれならば、その時期だけ店を開ければよいことになる。輸送には荷車と人足、時には馬も使うが、その手立てを図るなどはあらかじめ済ませることができた。

米の売り先である問屋との付き合いもあるが、抱えている札旦那の禄米の総量は分かっているから、新たに買い手を探すという手間はなかった。長年付き合った米問屋との関わりを、壊さないように心掛ければいい。

年によって、米の作柄は大きく変動する。知行地を持つ直参ならば、その年の米の出来不出来は実入りに大きな影響を及ぼす。しかし蔵米取の直参は、豊作不作にかかわらず、決まった禄高の米を受け取る。価格に変化はあっても、札差を通して動く米の総量は変わらなかった。

例年、決まった仕事を着実に片付けていきさえすれば、本来の札差の用は足せる。

しかし髙田屋だけでなく、すべての札差が毎日店を開け、それぞれの札旦那が顔を見せるのは、禄米を担保に金貸しをしているからに他ならない。これによって得られる利息収入は、札差の屋台骨を支えていた。

「いらっしゃい」

札旦那が現れるたびに、小僧が声を張り上げる。姿を見せない日は一日もない。貸す貸さないの話は、毎日続いた。

困窮している札旦那は、宇梶だけではなかった。将来の禄米を担保にするとはいっても、返済の目途のない金を借りに来る。再び棄捐令があることも予想される中で、札差は無限に金を貸そうとはしなくなった。さりとて金貸しをしなければ、利息収入は得られない。

そこが難しいところだった。

無茶な貸し方はしないと決めた髙田屋ではあるが、ぎりぎりまでは金を貸す。取り立ても容赦なく行った。その先頭を切って動いているのが平之助だった。

亡くなった兄惣太郎も、札差の跡取りとして厳しい姿勢で商いに向かっていた。しかしその裏側で、追い詰められた札旦那の生きる道を模索していた。兄のように生きたいと、新五郎は考えている。

「ならば、宇梶様をこのままにはできない」

と改めて考えた。お鶴にも、何とかすると約束した。

ただ妙案は浮かばない。じっくりと宇梶と話し合ってみようと考えた。

店が閉じられれば、後は何をしようと苦情は言われない。新五郎は暮れ六つの鐘が鳴る頃、髙田屋を出た。

今日も生卵を買って、本所南割下水の宇梶の屋敷を訪ねた。

「わざわざかたじけない」

日焼けした顔で、宇梶は新五郎を招き入れた。

まずは娘の由を見舞った。気になっていたことだ。

寝たり起きたりの状況が続いているとか。行燈の淡い明かりのせいかもしれないが、顔は蒼ざめていた。

さすがにもう、髪には朱の珠簪《たまかんざし》を挿していない。

「いつも卵をありがとうございます」

新五郎に対して、武家の子らしい丁寧な挨拶をした。

「とき折、止まらない咳《せき》に悩ませられます。食も細くなっておりますので」

宇梶の居間に移ったとき、茶を運んできた早紀がそう言った。寝汗をかき、微熱が消えないそうな。

父親として、焦りに駆られた気持ちが理解できた。

「油堀河岸には、毎日お出でになっているのですか」

「うむ。少しでも稼がねばならぬからな」

「赤蠍を捕えたときの、宇梶様の腕前は見事なものでございました。どこかの町道場で、師範代などできないのでしょうか」

これは世辞ではない。宇梶がいなければ、あのとき賊を捕えることはできなかった。自分も無傷では済まなかったと新五郎は考えている。

だからそれでいいと言うならば、町道場を当たってみるつもりでいた。

「それもな、前には考えたのでござるよ。しかしな、それがしが身に付けたのは、馬庭念流でござる。他流派では、使い物にならぬ」

馬庭念流の道場では、師範代を求めていない。

新五郎も、中西一刀流を学んだから、なるほどと事情が分かった。やっとう好きの町人の若い衆や子ども相手ならば、流派などどうでもかまわない。しかしそういうところはおおむね小道場で、師範代を雇うゆとりはないのが普通だった。だが数百数千の門弟を有する名門道場では、何流を学んだかは譲れない重要事項だった。またそういうところは、競争相手も多かった。

「何か、お役に就くという手立てはないのでしょうか」

「太平の世ではな、剣術では役に就けぬ。空きはなかなかなくてな、たまにあっても望む者がすこぶる多い。それがしには、回って来んのだよ」

とため息交じりになった。

「ではこれから、何かを身に付けては」

「それはよい手だが、身に付けるのにときも手間もかかる。札差は貸さぬわけだからな。やはり手っ取り早いのは、荷運びだろう」

嫌味な言い方になったが、間違ってはいない。宇梶は、明日使える金子が欲しいのである。

新五郎は、己の無力さを感じた。

「ともあれ、手立てを探りましょう」

気休めのようなことを口にして、新五郎は宇梶の屋敷を辞した。

両国広小路を通ったので、羽衣屋天祐のところにも立ち寄った。夜になると、小屋は片付けられる。広場に隣接した米沢《よねざわ》町の裏通りにしもた屋があって、そこで寝起きしていた。

「幸助がお役に立てたのは、何よりでした」

まずはそう言った。さっそく、宇梶の別収入のための話をした。

「剣の腕が、おありなわけですね。用心棒でしたら、いくらでも割のいいのがありますよ」

「それでは、ただの番犬だな」

「ならば剣の腕を、見世物にしますかい」

羽衣屋は、からかって言っているのではなかった。侍が、金を稼ぐことの難しさを言っていた。

「まあ、いっぱいやりましょう」

幸助が、酒と煮しめを運んできた。

翌日の昼過ぎ、下野屋《しもつけや》喜平治《きへいじ》という同じ天王町の札差が高田屋へやって来た。同じ町の同業だから、行き来は珍しくない。

ただ新五郎や奉公人に向ける顔は、いつも仏頂面だった。けれども今日は、それほどでもなかった。

「精が出るようじゃないか」

と声をかけてきた。

奥の部屋で、弥惣兵衛とお邑を交えた三人が話をしていた。そして新五郎に顔を出すようにと、仲働きの女中が伝えてきた。

「はい。何かご用でしょうか」

「うむ」

弥惣兵衛が、しかつめらしい顔をした。咳払いを一つしたところで、言葉を続けた。

「お前も、髙田屋の跡取りとなる。そうなると、前にも話に出ていたが、嫁取りをせねばなるまい」

「さよう。独り者では、商いがやりにくい」

下野屋が言い足した。

「そこでだ、まず確かめておかねばならぬことがある。お前には、好いた娘があるのか」

「えっ」

いきなり父に言われて、かなり面喰った。そういうことを問われようとは、思いもよらなかったからである。

「惣太郎では、いろいろあったからな。事前にはっきりとさせておかねばなるまい」

これは、己に告げるような口ぶりに聞こえた。

新五郎にしてみれば、いきなり兄が出てきたのも驚きである。ただ惣太郎とお鶴の間には、詳細は知らないが多少の悶着《もんちゃく》があったのは知っていた。そもそもお鶴は、嫁に入ってきたときは、すでに出戻りだった。

兄が強く望んでの祝言だと聞いている。

「お前はどうなのか」

三人の眼差《まなざ》しが自分に向けられていて、新五郎は唾を呑み込んだ。

「そ、そういう者は……」

剣術と、羽衣屋の見世物には気持ちを引かれたが、娘に恋情を持つということは一度もなかった。

もちろん道行く娘を見て、綺麗《きれい》な女子だと感じる折はままある。しかしそれだけの話だ。

「いないのだな」

「はい」

決めつけるように言われて、返事をしていた。嘘《うそ》をついたという気持ちはなかった。

「ならば話を進めよう」

と弥惣兵衛は、下野屋に顔を向けた。下野屋が持ってきた縁談らしかった。前に叔母が、高田屋の嫁にふさわしい娘がいると話していた。だがその話は、立ち消えとなった。新五郎はほっとした気持ちでいたが、事はそれでは済まなかったようだ。

「相手は、武家の者です。家禄は二百俵、お役料三百俵を得る御小普請支配組頭峯山《みねやま》助右衛門《すけえもん》様の娘ごで、歳《とし》は十九です」

佳世《かよ》という名だと、母は付け加えた。

「実質五百石の家で、もちろん御目見えだ」

とこれは弥惣兵衛。暮らしに窮している家ではないと伝えている。峯山家は下野屋の札旦那だった。

無役の御家人は、御小普請支配という役の者に統率されている。本来小普請というのは、城や建物の小修理をする役の者をいった。しかし無役の直参が多くなって、そのまま野放図に置いておくことができなくなった。そこでこれらの者を小普請組という組織に入れ、役に就かない代替えとして小普請金を出させて管理をした。

そうなると統率し、役に就きたい希望を聞いたり、様々な訴えを聞いたりする役目の者が必要になった。

これが御小普請支配といわれる役職で、三、四千石級の大身旗本が任に就いた。

御小普請支配組頭というのは、御小普請支配を補佐する役である。母が言ったお役料だけでなく、二十人扶持のお手当もつく。

組頭は、御小普請支配の手足となって働く。

生涯無役のまま終わりたい者など一人もいない。直接無役の者に会って、訴えや希望、特技や動向などを問い質す。書類にするのは組頭だ。このとき意見の文書も添える。組頭に嫌われたなら、無役の者は生涯お役に就けない。

「したがって、付け届けが多いのですな。まあこの組頭になった方は、数年で借財を綺麗さっぱりなくします」

下野屋はそう言って笑った。金には困っていない相手だからこそ、高田屋へ縁談を持って来たのである。

弥惣兵衛もお邑も、満足そうな顔で頷《うなず》いた。

「似合いの年頃ですな。なかなかの働き者でもありますよ」

娘の姿を見た上で、下野屋はやって来た。

武家相手の稼業である札差にしてみれば、旗本の娘を嫁に取るのは悪い話ではなかった。家禄はぎりぎりの旗本だが、勢いのある御家だった。

「では、さっそく会う機会を調えよう。そのつもりで、おいでなさい」

「よろしくお願いいたします」

両親が頭を下げているので、新五郎もこれに倣った。ただそのとき、唐突にお鶴の顔が頭に浮かんだので驚いた。

ただだからといって、取り立てて何かを思ったわけではなかった。店先まで、下野屋を見送った。

その日の夕刻には、下野屋から高田屋へ知らせがあった。峯山助右衛門息女佳世と新五郎の見合いは、六日後に麴町平川《ひらかわ》天神近くの料理屋籠清《かごせい》で行われるという運びになった。

三

朝から照り付けてくる強い日差しが、樹木を輝かせていた。半蔵御門から四谷御門まで、道の両側には町家があるが、麴町はあらかたが大名や大身旗本の屋敷だった。生い繁る屋敷の杜《もり》から、沛然《はいぜん》と蟬《せみ》の音が道に降り注がれてくる。

新五郎は、紋付き袴《はかま》を身に着けている。新調された品で、若旦那になった祝として貰《もら》ったものである。

両親と三丁の駕籠《かご》に乗って、籠清の玄関先で下りた。場所柄、武家の利用が多いそうな。

手入れの行き届いた庭が自慢の料理屋だった。

「ようこそお越しくださいました」

にこやかな笑みを浮かべたおかみが、迎えに出てきた。まずは控えの間に通された。

廊下は、顔が映りそうなほど磨き込まれていた。

新五郎は、かなり緊張している。それは祝言を挙げるかもしれない娘と、初めて会うと思うからだ。にもかかわらず、心浮き立つものがないのは不思議だった。

部屋に、下野屋喜平治と女房がやって来た。新五郎は二人に礼を言った。その上で、料理屋の離れにある部屋へ移った。

十畳二間を使い、金屏風《きんびょうぶ》が置かれていた。

佳世は、艶《あで》やかに花菖蒲《はなしょうぶ》を描いた着物を身に着けていた。色白のうりざね顔で、なかなかに愛らしい器量のいい娘だった。

少しだけ、新五郎は胸が騒いだ。

娘は恥じらいがあるのか俯《うつむ》いている。緊張しているのだろうと考えたら、少し気持ちが楽になった。

父親の助右衛門は、背筋をぴんと張って座った律儀そうな男である。中背だが、どっしりとした風格がある。胸厚で、武張った印象だ。

切れ者だと下野屋は言っていた。ただ娘を見る眼差しには優しさがある。男子が二人あって、やや年が離れてできた女の子どもだと聞いていた。愛娘といったところだろう。

「佳世さまは、お琴をなさるそうですね」

とお邑が問いかけた。

「はい、いささか」

小さな声が、返事をした。

「七つのときから始めましてね」

と応じたのは、向こうの母親だった。お披露目の会にも出たそうな。なかなかの腕なのかもしれない。

おおむね話をしたのは、両家の親と仲人役の下野屋の夫婦だ。どうでもいい話を、四半刻ほどした。

佳世は何か問いかけられて、「はい」とか「いいえ」と応えるばかりだ。

新五郎はそこで、娘のことが気掛かりになった。娘は俯いたきり、顔を上げない。何か問いかけられたときだけ、そちらへ顔を向ける。当初は恥じらっているからではないかと考えたが、そうではなさそうだ。

この会談が終わるのを待っている、とさえ感じられた。ただ無粋な自分には、娘心は分からない。

「新五郎さん、佳世さんに何か聞きたいことはありませんか」

下野屋の女房が、話を振ってきた。満面の笑みを浮かべている。こちらに気を使ったのだ。

ない、と言うのは失礼だと思った。

「琴以外では、何をしているときが楽しいですか」

初めて、まともに話しかけた。佳世はびくりと体を震わせたようだ。顔を上げて、初めてこちらの顔を見た。けれどもそれは、ごくわずかな間だけだった。

「天神様へのお詣《まい》りです」

再び俯いて、躊躇《ためら》いの混じった声で応えた。

「当家は、平川天神の氏子でしてな。子どもの頃から、詣っております」

と峯山が言い足した。

「信心深いということですね」

「いかにも、いかにも」

両家の親と仲人らが、声を上げて笑った。

それから食事となった。膳が運ばれて来た。一同は箸をとった。

「御小普請支配組頭というお役は、多くの方々とお会いになりますから、忙しいのでございましょうな」

弥惣兵衛が、話を向けた。

「さよう。願いを出しても役に就けぬと、逆恨みをしてくる者がある」

「なるほど。金を貸さぬと、逆恨みをしてくる札旦那もございますからな」

と受けたのは、下野屋。しばらくはお役と商いの話になった。

新五郎は口を挟むこともなく、料理を食べた。名の知られた料理屋というだけあって、味は良かった。

羽衣屋で出される煮しめとは、格が違う。

ただ佳世は、箸をとったものの食は進まないようだった。焼き物には手を付けなかった。

それでも両家の顔合わせは、無事に済んだのである。

「御異存がないようですので、話は進めましょうぞ」

下野屋はそう言って立ち去って行った。峯山家の者たちも同様である。

新五郎は、両親とは別れて平川天神のお詣りをしてから帰りたいと伝えた。

「まあ、それもよかろう」

弥惣兵衛の機嫌はよかった。許しを受けて、一人だけ残った。

平川天神は、太田道灌《どうかん》が菅原道真《すがわらみちざね》を祀《まつ》って建てたものである。後に徳川家康公も合祀されたので、幕臣の多くは氏子となり参拝を重ねていた。

佳世が、お詣りが楽しみだと言った場所である。顔合わせの前にも、立ち寄ったのかもしれなかった。

門前町をへて、石段の前に新五郎は立った。鳥居が高く聳《そび》え、その向こうに社殿の屋根が見えた。瓦が、日差しを集めて眩《まぶ》しい。

炎天の昼下がりだが、参拝する武家や町人の姿がうかがえた。

新五郎は、まず参拝を済ませた。兄の冥福と、若旦那としての役目が果たせるようにと祈願をした。

石畳を歩いて、境内にある茶店に入った。少しだが酒を飲んでいたので、喉が渇いた。茶を貰った。

給仕をしたのは、中年のおかみらしい女である。熱くて濃い茶だった。

「おかみさんも、ここの氏子ですか」

「ええ、そうですよ」

何気なく問いかけたが、当たり前ではないかという顔つきで応じてきた。

「ならば、峯山佳世という娘さんを知っていますか」

平川天神の氏子ならば、かなりの数になるはずだった。知らなくて当然という気持ちで問いかけていた。

「ええ、存じていますよ。お玉《たま》ヶ池《いけ》にお屋敷のある、峯山様ですよね」

「そうです」

「境内の掃除や祭りの支度など、氏子が集まる折には、よくお出でになりますよ」

親しいというほどではないが、顔と名は分かると言った。

「あまり喋《しゃべ》らない娘ではないですか」

顔合わせでの印象を、新五郎は口にした。

「さあ、どうでしょうか。お武家とはいっても、お若い娘さんですからね。それなりにお話はしている様子ですけど」

おかみは応じた。黙っていると、話を続けた。少し声を落としている。

「仲のいい、若殿様もおいでのようですよ」

にっと笑った。

「そういう方が、おいでしたか」

驚きはしなかった。佳世は俯いたままで、見合いが終わるのを待っているのではないかと感じた。そして楽しいのは平川天神へのお詣りだと言った。それらの意味が、腑《ふ》に落ちた気がしたのである。

「いえ、何か取り立てての話じゃありませんよ。ただそれらしい姿を、お見かけしただけですから」

行ってしまいそうになるのを、新五郎は呼び止めた。

「その若殿様というのは、どちらの」

「さあ、どなたでしたっけ」

おかみは、入ってきた他のお客のところへ行ってしまった。軽い気持ちで言ったことに、こちらが思いがけず反応した。まずいと思ったのかもしれなかった。

知っていて、言わなかったのだと新五郎は受け取った。

見合い相手の娘に、仲のいい若殿がいる。考えてみれば無礼な話だ。面白いわけではないが、さりとて腹が立ったわけでもなかった。

佳世は愛らしい娘ではあったが、強く心を引かれたわけではなかった。

それはあの娘が、自分と会うことに喜びを持ってはいなかったと、本能的に察していたからかもしれない。

ただ好いた相手がありながら、それでも見合いをしたとなると、何かわけがありそうな気がした。もちろんおかみの言葉通り、とりたててのことではないとも考えられる。

だが何もなければ、おかみはああいう言い方をしないだろう。それは感じた。

そうなると、捨て置けない気がした。両家の親や下野屋の様子からして、このままいけば縁談は纏《まと》まってしまいそうだ。

新五郎にしてみれば、ぜひにも添いたい娘はいない。しかし誰でもいいとは思っていなかった。少なくとも、他の誰かに思いを残した娘と祝言を挙げるのは、御免こうむりたかった。

「はて、どうしたものか」

茶代を払って、新五郎は店を出た。境内を出たところに、もう一軒茶店があった。

こちらでは心太《ところてん》を食べた。給仕をしたのは婆さんだった。

婆さんは同じ町内の住人で、平川天神の氏子だと言った。

「峯山佳世さまをご存知ですか」

と聞いた。残念ながら、婆さんは知らなかった。けれども同じ店で給仕をしていた、十六、七の娘は知っていた。

「では、親しげに話をしているお武家様をご存知ですか」

「ああ、添田《そうだ》様ですね。あの方も、とても信心深い方です」

「お二人は、好いて好かれる仲なのですか」

かなりあけすけだとは思ったが、聞かないわけにはいかなかった。娘は困惑した顔になった。

「さあ」

言葉を濁した。しかし様子からして、二人が親しい仲だと受け取っている気配があった。添田の下の名は瀬次郎《せじろう》。社務所へ行って寄進をし、さりげないふうに添田瀬次郎について聞いた。

家禄三百五十俵の旗本で、父親は御勘定組頭を務める瀬左衛門《せざえもん》という者だった。屋敷は本郷春木町《ほんごうはるき》にある。

添田瀬次郎について、調べてみようと思った。ただ自分は勝手には動けない。どうしようかと考えて、宇梶のことが頭に浮かんだ。頼んでみることにした。

四

湯島《ゆしま》聖堂の裏手から、宇梶は北へ行く道を歩いてゆく。町地を過ぎると、武家屋敷の集まる一画になった。中堅どころの旗本屋敷が多い。

空には薄《うっす》らと雲がかかっている。強い照り付けがないのは助かるが、油照りの蒸し暑い一日になりそうだった。宇梶は、額や首筋の汗を手拭いで拭いた。

昨夕屋敷へ、高田屋新五郎が訪ねてきた。調べものをしてほしいと依頼してきたのである。旗本添田家と、その跡取り瀬次郎についてである。

日雇いの人足よりも、はるかにいい手間賃を払ってくれた。新五郎には、たびたび見舞いの品を貰っているし、何よりも赤蠍らとの関わりについても尽力をしてもらった。だから喜んで引き受けることにした。

縁談相手の娘に関わる調べである。新五郎は淡々とした顔つきで話していたが、おもしろくない気持ちなのは伝わってきた。

今後どう判断するかは本人次第だが、きちんとした調べをしてやろうと思った。

見合い相手の父峯山助右衛門の名は知っていた。宇梶が所属する小普請組とは組違いだが、同じ小普請支配の中なので評判は聞いている。強面《こわもて》だが、面倒見は悪くないとの評判だった。

本郷春木町は、湯島との境目にあたる。添田の屋敷は、辻番《つじばん》小屋で聞いて確かめた。

「なるほど、これか」

片番所付の長屋門で敷地は六百坪ほどだった。古ぼけた長屋門ではない。手入れも行き届いている。本所にも同じ家禄の直参の屋敷があるが、うらぶれたそれらとは趣が違った。

「このあたりに屋敷があるのは、役に就いている者ばかりだな」

妬む気持ちもどこかにあって、宇梶は呟いた。有能な者ばかりが役に就いているわけではない。無能でも、代々役を引き継いできた者もある。

宇梶家は、祖父の代から無役だった。

旗本武鑑によると、添田家は代々御勘定所に勤める家系だということがうかがえた。当主の瀬左衛門は諸入用方の組頭で、代官に関する諸経費および職務に関する事項を行う。お役料百俵がつくから家禄と合わせれば、四百五十俵の旗本となる。

「まあ、算盤侍《そろばんざむらい》だ」

武術派の者は、口では馬鹿にする。しかし太平の世では、凄腕《すごうで》の剣士より算勘に優れた者の方が重用される。それは宇梶も分かっていた。

ここに来る前に、宇梶は元御勘定所に出仕していて無役になった者のところへ、話を聞きに行っている。その男は、添田瀬左衛門を知っていた。

「かなりのやり手で、上役からの覚えもめでたい。今後はどこかの代官や御勘定吟味役として、栄進するのではないか」

というのが、御勘定所に勤める多くの者たちの一致した見方らしかった。跡取りの瀬次郎は、御勘定所へ見習いとして出仕しているそうな。

宇梶は屋敷を確かめてから、一番近くにある辻番所へ行った。番人の老人に小銭をやって、話を聞いた。その分の小銭は、新五郎から預かっている。

「あそこの殿様は、お金にまつわるお役なので、かなり細かいと聞きましたよ。そう中間の人がこぼしていました」

当主にしても若殿にしても、竹刀や木刀を握って素振りをするなどの姿はめったに見かけない。日がな算盤を弾《はじ》いていても飽きない変わり者らしいと番人は続けた。

「では、金のことばかりを考えているわけか」

「いや、そうではありません。義理堅くて、交わした約定は必ず守る方だと、評判は悪くありません。あたしのような下々の者には、確かなところは分かりませんが」

冬の雪道で、番人が人が通れるように雪掻《ゆきか》きをしていたときのことだ。そこへ瀬左衛門が通りかかった。「御苦労である」と声をかけられたそうな。

番人は、瀬左衛門を悪くは言わなかった。

「ああ、あれが若殿様ですよ」

辻番小屋の前を、二十二、三歳とおぼしい侍が初老の中間を供にして通り過ぎた。目鼻立ちの整った秀麗な面立ちだ。賢そうにも見えた。瀬次郎である。ただ体つきは、いかにも華奢《きやしゃ》だ。腰の刀が、重そうだった。

宇梶は後をつけてみようと考えた。かなり間を空けてから歩き出した。

人気のない武家地を歩いて行く。蟬の音だけが、屋敷の樹木から落ちてくる。道の木漏れ日が、ちらちらと輝いて揺れた。

「うぬ」

向こうから、二人連れの侍がやって来た。着流し姿で、浪人者といった様子である。荒《すさ》んだ気配を漂わせていた。浪人者の姿を、武家地で見かけるのは珍しい。

主従と二人の浪人者の間が縮まった。瀬次郎の方が、二人を避《よ》けようとした。中間もそれに従っている。

しかし浪人者の方は、その行く手を阻むように前に出た。二組の間は、二間半ほどの距離だった。

「その方、行く手を遮るか」

声をかけたのは、浪人者の方だ。歳《とし》は三十半ば、顎に一寸ほどの刀傷があった。

「いや、とんでもない」

瀬次郎の声には、怯《ひる》みがあった。相手の浪人者を、知っている気配も宇梶は感じた。

「ではなぜ、行く手を遮る。無礼をいたすと、ただでは済まさぬぞ」

顎に傷のある浪人者が、一歩前に出た。

「お、お待ちくださいまし」

初老の中間が前に出た。若殿を守らねばならないと考えたらしい。

「何だ、てめえは」

もう一人の浪人が怒声を上げた。そして近寄ると中間の腹を蹴り上げた。

中間は、もんどりを打って前に転がった。

瀬次郎の顔が、青ざめた。声も上げられない。

「まあ待て。その方ら、やり過ぎだぞ」

ここで宇梶は前に出た。不逞《ふてい》の浪人者である。金でも強請《ゆす》ろうとしていると、見て取った。

「何だと」

相手は身構えた。だが宇梶も身構えている。二人が相手でも、負ける気はしなかった。片方をコテンパンに懲らしめれば、もう一人は逃げてゆくだろう。そう踏んでいた。

にらみ合いになった。宇梶は腕が上そうな男を、睨《にら》みつけている。

「くそっ。覚えていろ」

二人は、そのまま立ち去って行った。

「かたじけない。危ないところを助かりました」

瀬次郎は、宇梶に頭を下げた。丁寧な礼だった。転がされた中間も、立ち上がって一緒に頭を下げている。

「いや。無事で何より」

宇梶は応えた。

どこへ行くのかと聞くと、外神田だという。神田明神《かんだみようじん》の裏手まで、一緒に歩いた。

「そこもとのお名は」

瀬次郎は、自分が名乗った後で尋ねてきた。礼をしたいと言い添えている。

「宇梶という者である。だが、気になさるな。通りがかっただけだ」

　恩着せがましいことは、したくなかった。それで屋敷の場所は伝えなかった。ただ瀬次郎に対しては、わずかだが好感を持った。世話になった者に対して、恩義を感じた物言いをしているからだ。身なりを見ただけで身分の差は歴然としているが、それを鼻にかけていない。

　神田明神の裏手で別れた。

　後ろ姿を見送ってから、後をつけた。行った先は、外神田和泉橋《いずみばし》通りにある旗本屋敷だった。添田家よりも、一回り格上の屋敷だった。

　近くにある辻番小屋で、誰の屋敷か聞いた。

「御勘定吟味役佐土原又十郎《さどはらまたじゆうろう》様のお屋敷ですよ」

　と番人は応えた。

「ほう」

　勘定吟味役は老中に直属し、勘定奉行支配の各役の目付役としておかれていた。幕府の金銭面を掌《つかさど》る勘定方を監査するという重い役だ。佐土原家の家禄は、番人に聞くと三百俵だと応えた。しかしこの役は五百俵の役高で、さらに三百俵の御役料がつく。

　御勘定組頭とは、比べ物にならない高位の旗本だった。

この日はそれで引き揚げた宇梶だが、翌日はまた本郷春木町の添田屋敷へ足を向けた。

そして話を聞いた辻番所へ入った。

「目指す者が出てくるまで、ここで待たせてもらいたい」

といって、番人に銭を与えた。昨日の中間が出てくるのを待つつもりだった。こちらから訪ねるのではなく、ばったり会った形にして話を聞こうと考えたのである。

だが待つとなると、なかなか姿を現さなかった。狭い辻番所は暑苦しい。しかし武家地に用もなく立っていれば怪しまれる。

吹き出る汗に堪えながら、中間が姿を現すのを待った。

見覚えのある顔が現れたのは、昼を過ぎてからだった。辻番小屋を通り過ぎたところで後をつけた。しばらく歩いたところで、声をかけた。

「そなたは、昨日の」

白々しいとは思ったが、他の手立てはない。

「これはこれは、宇梶様。昨日はたいへんお世話になりました」

老人は頭を下げた。

どこへ行くのかと聞くと、湯島聖堂の方向だという。自分も同じ方向へ行くと伝えて並んで歩いた。

ここで瀬次郎が、二十二歳になることを知った。添田家が平川天神の氏子だということも聞いた。長兄がいたが、幼少の頃に亡くなり跡取りとなった。

「では、そろそろ嫁ごの話も出ているのではないか」

と宇梶は鎌をかけた。

「はい。若様には、許婚《いいなずけ》の方があります。もう十年以上も前からの話でございます」

「相手は、どのような」

峯山家の佳世ではないかと考えたが、それは違うはずだった。佳世が許婚ならば、新五郎と見合いなどするはずがない。

「佐土原様というお旗本です。当家の殿様は、佐土原様とは若い頃からのご昵懇《じっこん》でして。それで許婚となされたのです。実は、昨日は若様は非番で、そのお屋敷へうかがう途中でございました」

「そうであったか」

わざとらしく、宇梶は頷いた。

「ですが、若様はその話をあまり望んではいないご様子でして」

中間は顔を曇らせた。老人は渡り者ではなく、長く添田家に奉公している者らしい。若殿のことを案じている。

「他に、好いた娘でもあるというのか」

それが佳世ではないかと、宇梶はここで思い当たった。

「さあ。若殿様はそういうことは、一切お話しになりません」

老中間はそう言って、ため息を吐《つ》いた。

「なぜ話さないのか。話せば済むではないか」

「いや、それは無理でございましょう。そのようなことを口にできるわけがありませんせん」

主人瀬左衛門は、実直な男で堅物だ。一度交わした約定を、違《たが》えるなど考えもしない。また瀬次郎にしても、年少の頃からそう言われて育てられてきたとか。

「お相手は、花帆《かほ》さまという十八歳になる姫様です」

これだけでも、話を聞けたのは幸いだった。昨日の一件があったから、老中間はこれだけの話をしたのだ。

宇梶は、とりあえずここまでを新五郎に伝えることにした。

五

夕方、残っていた札旦那が引き揚げると、小僧の卯吉が戸を閉める。すでにぎりぎりまで貸している客に粘られても、店の利益は何もない。それが分かっているから、平之助は、さっさと閉めろと言っていた。

手代も気合いを入れて対談をしているから、店の戸が閉まるとほっとした空気が店の中に漂う。新五郎は、この一瞬が好きだった。

自分も、一日が終わったという気がする。

そこへ、宇梶が訪ねてきた。客としてきたのではない。

新五郎が、居室として使っている部屋へ招いた。やって来るのを待っていた。

「二日かかったが、受け取った金子分くらいは分かったぞ」

と、いたずらそうな目をした。

気になっていたから、新五郎は固唾《かたず》を呑んで聞いた。

「なるほど。互いに好き合っていながら、相手に親の定めた許婚があって、佳世は意に沿わぬ見合いをしたわけですね」

「うむ。どう受け取るかはそこもとの勝手だが、それが耳にしたすべてだ」

宇梶は言った。

「佳世という娘、ちと不憫《ふびん》だな」

新五郎が話を聞いて、最初に感じたのはそれだった。親が進める縁談を、子どもが翻すことはできない。

ただ話を聞いた段階で、新五郎は佳世と祝言を挙げる気持ちをすっかりなくしている。向こうが断って来ないならば、自分としては何とかしなくてはならなかった。好いた男がありながら、その相手には断れない許婚がある。泣く泣く好いてはいない相手に嫁ぐのである。

自分は、とんでもない役割だとも思った。

「瀬次郎という若者は、軟弱者だが悪い男ではないぞ。なかなかに誠実な者に見えた。怜悧《れいり》で、算勘には優れているようだ」

という宇梶の言葉も、胸に沁みた。不逞浪人に絡まれた後の、瀬次郎がした対応についても聞いた。

「どこか、惣太郎殿とお鶴さんのようだ」

ぼそりと宇梶が漏らした。新五郎は、その言葉を、聞き捨てならないものとして受け取った。惣太郎は軟弱者ではなかったが、商人としても怜悧で優れていた。だがそれを言ったのではなさそうだ。

「どういうことですか」

生真面目《きまじめ》な口調になって問いかけていた。

「いや。存じてはおらぬのか」

と逆に聞かれた。

「お鶴さんが、後家であったのは聞いています。兄がたってと望んで祝言を挙げた。知っているのはそこまでです」

それについては、いろいろあった。両親と兄が、それでうまくいかなくなる時期があったのも知っている。だがそれは、次男坊や奉公人は関わってはいけないといった雰囲気に包まれていた。

兄は何があっても、札差の若旦那という役目をきちんと果たしていた。それは札旦那とのやり取りや、卸し先の米問屋との対応で、新五郎も膚で感じていたのである。

口出しはもちろん、聞くこともできなかった。

「当時の事情を、ご存知なのですか」

新五郎は、片膝を乗り出した。

「いや、一部の高田屋出入りの者たちが、噂話《うわさ》として聞いただけのものだ」

「それでも、お聞かせください。兄のことならば、何でも知っておきたいのです」

「ううむ。仕方があるまい」

渋い顔をしたが、宇梶は頷いた。

「これは、あくまでも噂で聞いた話だ。確かめたわけではないぞ」

と、まずは断った。それでいいと、新五郎は目で応えた。

「どこでどう知り合ったかは分からぬが、惣太郎殿が二十歳前後のころの話だ。二人は、恋仲にあったらしい」

「はて。それは、お鶴さんが初めの祝言を挙げる前ではありませんか」

指折り数えると、そうなる。

「いかにも。二人とも、まだ若かったのであろうよ。そこもとなどは、十五歳ではなかったか」

その頃は、剣術に夢中だった。そして羽衣屋の見世物に、心を奪われていた。

「いかにも」

当時の兄を思い浮かべようとするが、店での札旦那とのやり取りしか出てこない。

「なんでもお鶴さんのご実家は、我らとは違って御目見えではあったが無役だった。

格式は保たねばならぬが、物みな値上がりする世の中で実入りは変わらない。厳しい家計であったことは推察できる」

「それで、破談になったのですか」

「破談というよりも、話にも出せなかったのではないか。どちらも若かったからな」

お鶴は、芝にある海産物問屋の跡取りのもとへ嫁いだ。跡取りの若旦那は、その美貌にぞっこんだったらしい。

高額の支度金を得てのことである。その額の高さが、一部の札旦那の間で話題になった。実家の都築家では、その金が必要だった。お鶴はそれを知っていて口に出せなかった。そう受け取らざるを得ない。

「知らないのは、私ばかりだったわけですね」

「さあ、それはどうとも言えぬ。何しろまだ年若だったわけだからな。あえて伝えないようにしていたのであろう」

新五郎にしてみれば不満だが、言葉を呑み込んだ。話の続きを聞きたかった。

「それでどうして、お鶴さんは離縁になったのですか」

「仔細《しさい》は分からぬ。四年前のことだ。そのあたりは、そこもとが分かっているのではないか」

とんでもないと思った。両親と兄が、幾たびも何やら話し込んでいたのは知っている。だが話の中身には加わっていなかった。祝言を挙げると決まった、その結果を知らされただけだ。

「前の亭主とは、不仲だったと聞きました」

「まあそうだろうな。お鶴さんが、祝言を挙げた後でも惣太郎殿のことを思っていたら、夫婦仲もよくなるわけがあるまい」

「いかにも」

「これも確かな話ではないが、海産物問屋の若旦那というのが、酷《ひど》い男だったという話もある。よそに女を作ってな」

宇梶が話したのは、ここまでだ。状況がおぼろげながら分かったが、あやふやな部分も多い気がした。しょせんは噂話の寄せ集めに過ぎない。

ただ添田瀬次郎と峯山佳世の関わりについては、惣太郎とお鶴の昔を彷彿《ほうふつ》させるものがあるのは事実である。

「佐土原家の当主又十郎は、五年前までは添田と同じ御勘定組頭だった。それが御勘定吟味役になった。この役を無事にこなせば、次はどこかの遠国《おんごく》奉行や西の丸御小姓番組頭への道が開ける。栄達への道に乗ったというわけだな」

羨む気配が、どこかにあった。

「添田家にしてみれば、この縁を手放したくないところでしょうね」

「それはそうだろう。おこぼれにあずかれるだろうから」

「では佐土原家は、許婚の件をどう考えているのでしょうか」

そのあたりを探ってほしいと、新五郎はさらに依頼した。

六

佳世と添田瀬次郎の件も捨て置けないが、惣太郎とお鶴の過去についても、新五郎の心の内を大きく占めてきた。おぼろげに胸中に潜んでいた疑問が、宇梶の言葉で表に出てきた印象だった。

母から聞いた話としては、離縁となったお鶴を惣太郎が貰ったというだけのものだった。だがそこに厄介な経緯があったと、気付かされた。

兄のことならば、なんであれ知っていたい新五郎である。それもお鶴との縁に関わるものならば、なおさらだった。しかもそれは、自分の縁談とも共通する内容らしかった。

「ううむ」

じっとしていられない気持ちになった。

父や母に聞くのは憚《はばか》られた。だとすれば、平之助あたりか。一部の札旦那にも漏れているわけだから、番頭という立場の者が知らないわけはあり得ない。

「しかしあやつは、狸《たぬき》だからな」

正直には話してくれない虞もあった。

「だとすれば、直に聞くしかないか」

お鶴にしてみれば、話をするのは辛《つら》いかもしれない。しかし自分は惣太郎の実弟である。また興味本位で知りたいわけではなかった。

話してもよいとの気持ちになるのではないか、と考えた。

翌日商いが終わるのを見計らって、新五郎は浜町河岸の都築屋敷へ足を向けた。もちろん手土産は忘れない。今日は練羊羹《ねりようかん》を持参した。

訪《おとな》いを入れると、出てきたのはお鶴と同じ、二十三、四とおぼしい女だった。新五郎は前に一度だけ顔を見たことがあった。お鶴の兄貞之助《さだのすけ》の新造である。腹が大きかった。

「お子が、お生まれになるのですね」

「はい、あと二月ほどで」

と新造は応えた。新造は、訪問を歓迎しているというふうではなかった。にこりともしない。離別となった家の者である。何をしに来たのか、という気持ちもあるのかもしれなかった。

「賑《にぎ》やかになりますね」

何も気づかぬふりをして、新五郎はそう口にした。そしてお鶴の身の上について思いを及ぼした。兄夫婦に子ができれば、出戻りの身として実家に居にくくなるのではないか、という点だ。

だがあれこれ考える前に、玄関先にお鶴が出てきた。

「どうぞ、お入りください」

と招き入れてくれた。取り立てて嬉しそうな顔ではない。しかし訪問を迷惑がっている気配もなかった。何かあったら、また訪ねて来いと言ってくれていた。

茶を出してくれて、お鶴と向かい合った。開かれた戸から、夜風が流れ込んでくる。淡い行燈の明かりが、飾り気のない部屋を照らしていた。

部屋の隅に、簞笥と見覚えのある鏡台が置かれている。お鶴の嫁入り道具として、新五郎が目にしたものだった。

「私に、縁談がありました」

と新五郎は、まず報告をした。

「それはよろしゅうございますな」

こちらの顔を覗き込むような眼差しで言っている。嬉しげでも、恥じらいがある口ぶりにもなっていないはずだから、そこが気になったのかもしれない。

「いや、実はいろいろとわけがありまして」

宇梶が調べてきたすべての内容を、隠さず伝えた。お鶴は、瞬きもしないで新五郎の話を聞いた。

「親が決めた縁談を、子の立場では断れません。話がお調べの通りならば、佳世さまは瀬次郎さまとのことをあきらめて、新五郎さんと祝言を挙げるつもりなのだと思います」

「はい、おそらく」

「瀬次郎さまと佐土原家のご息女も、幸せにはなりませんね。四人が不幸になります」

「ですからどうしたものかと」

これが、お鶴を訪ねた理由の一つである。

「あなたは、そうやって嫁いできた娘ごを、愛することができますか」

そう言われて、はたと考え込んだ。

過去に何があろうと、心を変えて相手を慈しむことは、できないものではないかもしれない。しかし初めからそれが分かっていて、したいとは思えなかった。

「今のお気持ちが、本音ではないでしょうか」

お鶴は、新五郎の気持ちを読み取ったように言った。眼差しのどこかに、悲しげな気配がある。己のことを振り返ったのかもしれない。

「では、断ってよろしいですね。ただそのためには、瀬次郎殿と佳世殿のことを、父や母、仲人の下野屋にも伝えなくてはなりません」

それ以外には、新五郎の立場で破談にできる理由はない。

瀬次郎と佳世は、不届き者として厳しい叱責《しっせき》を受けることになるだろう。だがそれで、事が済むとは考えられなかった。

「後は、添田家と佐土原家のお考えとなりましょう。それでも祝言を挙げさせようとなれば、これをどうこうすることは新五郎さんにはできません」

「そうですね」

ため息と共に応えた。

「でも、不幸になる人が四人になるよりも、一人でも少なくなる方がよいのではないですか。またさらに少なくなって、四人が幸せになる手立てがあるのならば、それを探すべきではないでしょうか」

「なるほど、そういう手があれば何よりですが」

新五郎には、そのための妙案はない。ただ不幸になる者が一人でも少なくなる道を取るというのは、大切だと感じた。

「つかぬことをうかがいます。今の私の話と、似たような出来事が前にありました」

ここで新五郎は、もう一つのどうしても知りたい件を切り出した。

言葉を聞くお鶴の目に驚きがある。何を問われるかに、気付いたのかもしれない。

新五郎は、話を続けた。

「お鶴さんと惣太郎のことです。六年前、お鶴さんと兄は好いて好かれる仲だった。にもかかわらず、あなたは芝の海産物問屋へ嫁がれた。それには事情があったと聞いています」

「…………」

「それでも兄は、あなたを忘れられなかった。そしてあなたも、兄を好いてくださっていた。一緒に暮らしていましたからね、高田屋へ嫁いで来られたときから、それは感じていました。でも嫁いで来られたときの事情は、分からないままでした。宇梶様から一部を聞いて、どうしても伺いたいと思うようになりました。お話しいただけないでしょうか」

お鶴の目に、涙の膜が広がった。けれども瞼から、こぼれ出たわけではなかった。きりりとした表情になった。

「それはもう、済んだ話でございましょう」

これまでと比べて、冷ややかな口ぶりになっていた。

「いえ。私の中では、終わっていません。惣太郎は、私の胸の内でずっと生きています。その兄について、弟が知りたいと願うのは当然ではありませんか。兄はずっと、あなたのことを慈しんでいた」

どうしても嫌だというのなら、これ以上の無理強いはしないつもりだった。ただ駄目だと言われて、すぐに引くつもりもなかった。惣太郎とお鶴の関わりを、色眼鏡なしできちんと知る血縁の者がいることを、兄は嫌がらないと感じるからだ。

ただ気持ちが昂《たかぶ》って、少しきつい言い方になったと反省した。新五郎は、口調を柔らかくして言い直した。

「お鶴さんとの祝言を、惣太郎は心底喜んでいました」

「そうですね、私も嬉しかった」

とお鶴は、ぼそりと応じた。冷ややかな口ぶりではなくなっている。

しばしの沈黙があって、ようやくお鶴は新五郎に顔を向けた。

「都築の家には大きな借財がありました。私は惣太郎さんのもとへ嫁ぎたいと願っていましたが、それを口にすることはできませんでした。父は、二百両の支度金を出してくれる芝の海産物問屋との縁談を、決めてしまっていたからです。そのときは二十歳でしかなかった惣太郎さんも、どうすることもできませんでした」

「そうかもしれませんね」

若旦那として店に出ていたが、その頃は、まだ自信を持って商いに関わっていたのではなかっただろう。

「前の夫は、私を珍しがりはしましたが、三月で飽きました。私も心に惣太郎さんがいましたから、あの人を心の底から慈しむことはできませんでした。離縁を望みましたが、父は耐えろと申しました」

離縁をこちらから申し出れば、支度金のすべてではないにしても、かなりの部分を都築家は返済しなくてはならない。そんな金子は、どこにもなかった。

支度金から嫁入り道具を調えても、都築家には百両ほどの金子が残った。それで家計は一時持ち直した。しかし無策なまま二年が過ぎ、再び札差から金を借りなければならない状態になっていた。

「ですから私は、精いっぱい婚家に馴染《なじ》もうとしました。でも夫はその頃には外に女を囲っていました」

ちょうどその頃に、増上寺の祭礼があった。大門の前で、惣太郎と再会したのである。しかしそれは、偶然ではなかった。

様子をうかがいに来ていた惣太郎が、外出をつけて来て一人になったところで声をかけてきたのである。

「あの人は、私の暮らしぶりをすっかり調べていました。離縁をして、高田屋へ来いと言ってくれたのです」

支度金の返済は、高田屋がした。婚家の海産物問屋では、夫婦のていをなさないお鶴を厄介者だと考えていた。話はするすると決まった。

「二年して、惣太郎さんは見違えるように変わっていました」

「逞しくなっていたのですね」

これは新五郎にも覚えがあった。この頃新五郎は手代として店に入ったが、兄はすっかり札差の若旦那になり切っていた。平之助でさえ、一目置くようになっていたのである。

「そうです」

お鶴は、懐かしむ顔で応じた。

「兄はきっと、お鶴さんを迎えたかったのですね。だから商いに、力を注いだわけです」

新五郎が言うと、一瞬お鶴は半泣きの顔になった。

都築貞右衛門に柄巻の仕事を勧めたのは、この後である。惣太郎の指摘は、当を得ていた。いっぱしの職人と同等の実入りを得られるようにまで、なったのである。

七

宇梶はこの日、朝のうちから佐土原屋敷のある外神田和泉橋通りへ出かけていた。

添田の屋敷も勢いを感じたが、こちらはそれ以上だった。門番所には、常に棒を手にした中間が詰めていた。

見ている間にも、進物の品を持った武家の客がやって来た。

ここでも宇梶は、辻番小屋の番人に声をかけた。

「いつもあんなふうに、進物を持った客がやってくるのか」

「そうですよ、何しろ御勘定所にまつわる一切のお調べをする役ですからね、ご機嫌を伺っておきたいお方は多いんじゃないですか」

と返答があった。辻番でも、その程度のことは知っているようだ。実質千石取りといってもよさそうだ。添田家とは、旗本としての格の上ではかなり差がついている。

通りから見える長屋門も練塀も手入れが行き届いていた。

「殿様も、若様も、それからご用人さまも、おれらのような者には洟《はな》も引っかけない。偉そうなもんさ」

番人は、不貞腐《ふてくさ》れた口調で言った。添田の殿様は、番人にも声をかけると聞いたが、ずいぶんと違う。用人は譜代の者で、杉野《すぎの》という者だと聞いた。

「姫様はどうだ」

「さあ。出入りは駕籠だからねえ。近頃は顔も見ないよ」

しばらく辻番小屋で、誰か出てくるのを待った。屋敷に入って話を聞くわけにはいかないので、中の者と接する機会は他になかった。

一刻（約二時間）ほど待って、粗末な身なりの若い侍が出てきた。

「あれは、屋敷の者か」

「渡りの若党だね。半年くらい前から顔を見るよ」

と言われた。それで後をつけた。

若党は、麴町の旗本屋敷へ行った。書状でも届けたのかもしれない。四半刻ほどで門から出てきた。

来た道を戻って行く。途中で宇梶は、声をかけた。たまたま顔を見かけたという顔だ。

「そなた、佐土原家の者ではないか。いつぞや姫様のお供をしていたであろう」

これは当てずっぽうである。しかし若党ならば、姫のお供をするなど珍しくあるまいと考えて、こういう言い方をした。

「はて、どこでお目にかかりましたかな」

若党は、怪訝《けげん》な目を向けた。宇梶はかまわず小銭を、相手の袂《たもと》に落とし込んだ。

「いや、姫様には縁談が進んでいるとか、目出度いではないか」

相手の問いかけには応じない。こちらの言いたいことだけを告げた。

「ま、まあ、そうらしいな」

若党は呟いた。小銭が利いたのかもしれない。譜代の家臣ならば、少々の金では御家の内情は明かさない。しかし渡り者ならば、主家に愛着はない。成り行きによっては、もっと銭をやっても話を聞き出すつもりだった。

「どの程度まで、進んだのか。添田家から、結納など運ばれたのか」

すると、相手は不審な目を向けてきた。

「添田家だと、何かの間違いではないか」

と言った。

「おお、そうであったか。どこだったかな」

とぼけた声を出した。そしてまた、袂に小銭を落とし込んだ。

「大垣《おおがき》家ではないか」

「いや、そうであったかもしれぬ」

試されたのかもしれないと考えて、肯定も否定もしなかった。

「縁談については、詳しいことは分からぬ。杉野殿にでも聞くがいい」

若党は言い残すと、足早に行ってしまった。何の縁故もない自分が、佐土原家の用人に面と向かって問いかけるわけにはいかない。

「それにしても、腑に落ちぬ話だな」

宇梶は呟いた。

佐土原家の娘ならば、縁談の相手は添田家ではないかと思うのである。だが若党は、大垣家だと言った。娘は二人いるのかとも考えた。

そこで仕方なく、佐土原家に近い辻番小屋へ戻った。

「いや、お屋敷の姫様は一人だけだと思いますよ」

そういう返答に、ますます混乱した。

「ではどういうわけか」

すぐには頭が回らない。そこで他のことを思いついた。

「用人の杉野というご仁は、外で酒を飲んだりはしないか」

「ああ。和泉橋手前の佐久間町の小料理屋で、酒を飲んでいるのを見たな」

店の名は千草《ちぐさ》だとか。神田川の北河岸にある町だ。

さっそくそちらへ行った。

間口一間半の、小店である。それでも格子戸のはまった、垢抜《あかぬ》けた気配があった。

まだ商いはしていないが、戸は開いていた。

中を覗《のぞ》くと、若い女中が掃除をしていた。

「ちと、尋ねたいが」

敷居を跨《また》いで、宇梶は声をかけた。

「杉野さまとは、お旗本佐土原さまのところのご用人様ですね」

常連というほどではないが、月に二、三度ほど顔を見せると言った。それでここでも小銭を与えた。

「一人で飲みに来るのか、それとも誰かと来るのか」

「たいていはお一人ですけども、つい数日前にお出でになったときは、怖い感じのご浪人と一緒でした。そうそう、顎に一寸くらいの刀傷があって」

「待てよ」

顎の刀傷を、ついこの数日の間で見かけた気がした。どこでだったかと頭を絞って、思い出した。

添田瀬次郎に絡んだ二人組の浪人の片一方だった。

「年の頃は」

「三十半ばくらいでしたかね」

重なった。

「どのような話をしていたのか」

「さあ、詳しいことは分かりません。話し声も小さかったですし」

「何か、話の切れ端くらい覚えているだろう」

さらに小銭を与えた。聞けなくても仕方がない。聞くことができれば儲《もう》けものだという気持ちだった。

「縁談がどうしたとかいう話でしたね。壊すとか壊れるとか、そんな話だった気がします」

「穏やかな話ではないな」

宇梶が言うと、女中は「勘違いかもしれません」と言い足した。酒食を馳走《ちそう》したのは杉野の方だった。

断定できることではないが、佐土原家の姫の縁談については、何かいわくがありそうである。

縁談となれば、添田家と佐土原家とのものが考えられる。しかし若党は、大垣家という新たな家の名を挙げた。この関わりが、よく分からない。

そして刀傷の浪人者と瀬次郎。絡んだ浪人が杉野と話していた人物ならば、どうなるのか……。

一人で考えても、埒がああきそうになかった。

八

　都築家から店に戻ると、宇梶が待っていた。新五郎とは、ほぼ入れ違いで店にやって来たらしかった。

「では、ずいぶんお待たせしましたね」

　まずは詫びを言った。そしてさっそく、見聞きした詳細を聞いた。

「なるほど。すると佐土原家にも、添田家とではない縁談があるわけですね」

「そういうことだな。佐土原家では、添田家と大垣家の間で二股をかけているのかもしれぬ」

　これが宇梶の、考えらしかった。

「するとなぜ顎の刀傷の浪人は、瀬次郎に絡んだのでしょうか。用人杉野の命ならば、添田家との縁談を壊そうとしているようにも感じます」

「こうなるともう、瀬次郎にじかに当たってみるしかなさそうだな」

「宇梶様ならば、助けられた恩がありますから、正直に話すかもしれませんね」

　新五郎は同意した。それで明後日朝、二人で添田屋敷へ出かけることにした。宇梶の調べでは、瀬次郎は明後日、勘定奉行所へ出仕する。屋敷を出るのはいつも朝五つくらいだと、辻番小屋の爺《じい》さんから聞いていた。

父には、中西道場で同門の剣術試合があり、ぜひにも見学したいと申し出た。半日の留守を許してもらったのである。

迎えに来た宇梶と共に、新五郎は照り付ける朝日の中を、本郷春木町の添田屋敷へ向かった。瀬次郎の出仕は、二日出て一日非番だと辻番の爺さんは言ったとか。毎日同じ暮らしをしているから、通行する侍の様子がいつの間にか頭に入るらしかった。

それでも、少し早めに小屋に着くようにした。

辻番小屋で待っていると、城へ向かう駕籠や徒歩の侍が目についた。添田屋敷の潜り戸から、二十二、三歳の侍が出てきた。

どこか暗い、沈んだ気配があった。悩み事でもある顔つきだ。

「あれが瀬次郎だ」

と呟くと、宇梶は通りへ出た。新五郎が顔を見るのは、初めてである。

「ああ、あなた様は」

瀬次郎は、すぐに宇梶に気付いた様子だった。丁寧に頭を下げた。

「そこもとを、我らは待っておった。ここにいるのは、札差髙田屋の跡取りで新五郎という者だ」

まずそう紹介した。瀬次郎は、札差がなぜという顔をしたが、すぐに思い当たったらしかった。顔つきが強張《こわば》った。

「私は、先だって峯山助右衛門様のご息女佳世さまと見合いをいたした者でございます。しかし佳世さまとの縁談を進めるつもりはございません。歩きながら、道々お話を伺えれば幸甚です」

「分かりました」

硬い口調で応じた。強張りは消えていたが、表情に緊張は残っている。

三人は、歩き始めた。足元には、木漏れ日がちらちら躍っている。蟬の音が、長く伸びる練塀の向こうから響いてきた。

「佳世さまは、添田様をお慕いしているようです。それと分かりますから、私は横車を押すようなまねはいたしません。思いが成就することを望んでいます。ただ添田家には、佐土原家と古くからのお約束があるようだ。そこにきな臭いものがございます。顎に刀傷のある浪人者が、佐土原家用人杉野と繋《つな》がっている気配があるからです」

「よ、よく、調べましたね」

よほど仰天したのだろう。瀬次郎は立ち止まった。

「申し訳ありません。私にしても、縁談は一生の大事でございます。不審な点があったので宇梶様にお調べいただきました」

「あなたは私を、恨んではいないのですか」

「恨むなど、とんでもないことで。佳世さまが添田様を思う心に、戸を立てることはできません。お二人の願いが、成就するのを望んでいます」

こう口にする新五郎の胸には、惣太郎とお鶴との六年前の出来事が浮かんでいる。不幸は一人でも減らすべきだと告げられたのも響いていた。

「しかし添田家では、佐土原家との約定を反故《ほご》にするわけにはいきません。順当にいけば、花帆殿と祝言を挙げる運びとなるでしょう」

三人は、再び歩き始める。

「だがな、腑に落ちないことがあるぞ」

ここで口出ししたのが宇梶だ。そのまま言葉を続けた。

「佐土原家の若党に聞くと、縁談の相手は大垣家だと言った。また刀傷の浪人者が出てくるのも気に入らない。そこもとにも、何か覚えがあるなら聞かせてほしいのだ」

「ううむ」

瀬次郎は、呻き声に近いものを漏らした。歩みが遅くなっている。何かあって、それを伝えるかどうか迷っている気配があった。

「どのようなことでも、話してくださいまし。難問があるならば、知恵を出し合いましょう。多少ともご縁のあった佳世さまが、不幸になるのを私は望みません」

新五郎は促した。

それで瀬次郎の心が動いたらしかった。

「実はあの浪人者、あの日が初めて会ったわけではありませんでした。あのときは供の中間が一緒だったので、ああいう形で脅しをかけてきたのです」

「詳しく聞こう」

と宇梶が言った。

「浪人者が私に声をかけてきたのは、梅雨になって少しした頃です。私と佳世殿のことに気付き、許婚がありながらこのままでいいのかと強請ってきました。父は強直で、勝手な色恋沙汰《ざた》を許しません。そのようなことがあっては、佐土原家に対して顔向けができないと考えています」

「なるほど、その部分に付け込んできたわけですね」

新五郎が応じた。怒りの気持ちが芽生えている。

「二十両を持ってこいと脅されています」

瀬次郎は、ごくりと唾を呑み込んだ。

「若殿様だと、そんな金があるのか」

宇梶は驚きの声を上げた。十両が手に入らなくて、あわや盗賊の仲間に入りそうになった男である。

聞いた瀬次郎は、激しく首を横に振った。

「あるわけがありません。役務で扱う公金を帳簿を誤魔化して持ってこいという申し入れです。歳月をかけて少しずつ戻していけば、分かるわけがないと言っていました」

「できぬと言ったら」

「私と佳世殿のことを佐士原家に伝えるだけでなく、勘定所のすべての者に知らせると言っていました。添田家は、天下の笑いものになるだろうと」

「やると伝えたのか」

宇梶も、怒りを胸に抱いたようだった。

「いえ、伝えていません。だからあの日は、待ち伏せて脅しをかけてきたのだと思います」

「期限は、切られているのか」

「明後日の五つ（午後八時頃）に、大川河岸薬研堀の畔へ持ってこいとのことです」

瀬次郎は、声を震わせた。

「それには、佐土原家の用人杉野が絡んでいるな」

「もし公金を抜いたら、添田家もただでは済まなくなります。なにしろ佐土原家は、勘定吟味役ですからね。分かっていて、やらせようとしているのです」

宇梶の言葉を受けて、新五郎は断言した。

「では私は」

「公金に触れてはいけません。そして明後日の五つに、薬研堀へ行ってください。私どももついていきます。やつらを懲らしめてやりましょう」

新五郎が言うと、瀬次郎は気力を振り絞った顔で頷いた。

勘定奉行所の建物が、遠くに見えてきた。


宇梶とも別れた新五郎は、御徒目付門伝丞之助の屋敷を訪ねた。門伝は御徒目付だから、旗本については担当でない。しかし旗本担当の者に知り合いがいると聞いていたので、佐土原家と添田家の間に、何か問題になるようなことが起こっていないかどうか調べてもらおうと考えたのである。

けれども屋敷に着くと、門伝は既に役目に出た後だった。

紙と筆を借りて、依頼の内容を書き記した。それを顔見知りの屋敷の者に、戻ったら手渡してくれと頼んだ。

九

翌日、店を閉じた後で門伝が高田屋へ顔を出した。

「手間を取らせて済まないな」

新五郎は、近くの小料理屋へ行って話を聞くことにする。門伝は酒好きだ。礼の意味も込めて、上物の下り酒を馳走する。

強い日差しが沈んだ日暮れどき、昼間の暑さは残っていても、冷酒をごくりとやると喉元がすっきりする。まずは一杯飲んでから、話を聞いた。

「西の丸御小姓番組頭、という千石高のお役に空きがある。これは将軍家継嗣に近侍する役でな、いやでも若殿様と接する機会が多くなる。忠義者と認められれば、ご継嗣が将軍になられたときには、本丸にて格別の昇進を得るということも珍しくない。

この後釜に、佐土原又十郎の名が挙がっている」

「決まれば、たいした出世だな」

「いかにも。その後ろ盾となって強く推挙しているのが家禄三千石の大身旗本で、西の丸御書院番頭を務める大垣弾正《だんじょう》という者だ」

「なに、大垣だと」

「そうだ」

猪口《ちょこ》を口に運んだ門伝は、にやりと嗤《わら》いを浮かべて続けた。

「その大垣にはな、二十三歳になる跡取りがいる。この倅《せがれ》は、近く嫁取りをするらしい」

「うぬ」

新五郎も、冷や酒を一気に喉に流し込んだ。体内に流れ込む、冷たい感覚が良くわかった。

「それだけではないぞ。西の丸御小姓番組頭には、もう一人別の方面から推挙され名の挙がっている者がいる。それが添田瀬左衛門だ」

「なんと」

これは仰天した。添田と佐土原が、高位の役を前にして競合する形になっているのである。

ただ不思議なこともあった。

「添田家の家禄は、三百五十俵だ。それが一気に、千石高の役に就くことなどあるのか」

「珍しいことではないぞ。有能な者ならば、家禄二百俵でも千石高以上の役に就いている例はある」

添田瀬左衛門は、派手さはないが剛直で誠実な仕事をする。厳しい一面もあるが、勘定所内では、上の者からも下の者からも一目置かれているという。

「では、佐土原にしてみれば面白くないな」

「今の段階では、水をあけている。御勘定組頭よりも御勘定吟味役の方が上だが、西の丸御小姓番組頭となれば立場はひっくり返る」

倅と娘を許婚にしたときは、共に御勘定組頭で同役だった。佐土原の方が、先に昇進をした。

「からくりが、見えてきたな」

新たな酒を二つの猪口に注ぎながら、新五郎は言った。一口ごくりとやってから、話を続けた。

「佐土原にしてみたら、添田よりも大垣に近づきたいだろう。大垣の倅に嫁をやれば、繋がりは完璧なものになる。そうするためには、添田との縁は切らなくてはならない」

「昔は昵懇でも、時を経て事情が変われば鎬《しのぎ》を削る敵となる。しかし剛直な添田は、許婚の解消など考えもしないだろう。そこで佐土原家の用人杉野が、浪人を使って瀬次郎に罠《わな》を仕掛けた」

「うむ。瀬次郎と佳世との恋情を知って、これを利用しようとしたわけだな。勘定吟味役として瀬次郎の不正を発見すれば、縁談の破棄では済まない。添田瀬左衛門は間違いなく失脚するだろう」

「佐土原又十郎は、目出度く御小姓番組頭にご就任というわけだ」

「ふざけた話だな」

佐土原家では破談の申し入れはせず、相手に自滅をさせようと仕組んでいる。新五郎の胸に、怒りが湧きあがった。

五つの鐘が鳴り始めた。尾を引く音が、薬研堀の水面を風と共に伝わってゆく。畔の夏草も小さく揺れていた。

離れた両国広小路と周辺の町には、昼間のような明かりが灯っている。しかし大川に沿ってある堀を囲む二面は武家屋敷で、練塀が続く。隣接する町の一部に家の明かりがあるばかりで、薬研堀とこれを囲む道はすっかり闇に覆われていた。

弦月が水面に写って揺れている。

大川沿いの道には、たまに提灯を手にした人が通り過ぎる。しかし堀の周辺には、人影は見られなかった。

そこへ提灯を手にした若い侍が現れた。一人でやって来て、堀の端にある檜葉《ひば》の木の近くに立った。闇の周囲を見回している。

強張った面差しの瀬次郎だった。提灯の淡い明かりが、青白い顔を照らしている。

この檜葉の木から五間ほど離れたところに、朽ちかけた物置小屋がある。この中に、新五郎と宇梶が潜んでいた。まだ明るかったときからである。

夕暮れどきになる前に、無理に用事を拵えて髙田屋を出てきた。そのとき、剣術の稽古に使った木刀を持ち出してきた。たぶん、入用になるだろうという判断だ。

草叢《くさむら》から虫の音が聞こえてくる。離れた両国広小路の喧騒《けんそう》が、小さく耳に入った。この刻限には、羽衣屋天祐の見世物小屋は、すでに片付けられている。

木戸番の幸助には、用事を一つ命じていた。

二人は堀の周辺に目を凝らした。やって来るのは、顎に刀傷のある浪人一人だけではないと考えている。

「懲らしめるだけでなく、捕えて佐土原家との関わりを白状させねばならない」

と、打ち合わせていた。

しかしたまに大川沿いを行く人の姿があるばかりで、薬研堀に近づいて来る人の姿はなかった。じりじりしながら、浪人者が現れるのを待った。

生暖かい風が吹いて、整いかけた水面の月がまた崩れた。

そのときである。黒い影が、武家屋敷の間の道から現れた。着流し姿の二人の浪人者である。瀬次郎の体が、びくりと震えた。

提灯の明かりが、近づいた侍の顔を照らした。顎に刀傷があるのが、目に入った。

新五郎は、手にある木刀の柄を握りしめた。

「金は、持って来たか。添田の家中が、満天下に恥をさらさぬための二十両をな」

低いが、よく伝わる声だった。冷酷な響きを持っている。

もう一人の浪人者は、瀬次郎の後ろに回り込んだ。逃がさない用心らしかった。

「か、金はない。それに、わ、私と佳世殿の間に、何があったというのか」

後ずさりしながら、掠《かす》れた声が瀬次郎の口から漏れた。できるだけ、今度の一件について喋らせろと伝えていた。

「笑わせるな。平川天神の境内で、お前らが親しげにしている姿を見た者は、いくらでもいるぞ」

声を上げて笑ってから、浪人は応じた。絶対の自信を持った言い方だった。

「脅せと、よ、用人の杉野あたりに、命じられたのだな」

それでも、瀬次郎は精いっぱいのことを言っていた。逃げ出したい気持ちと闘っているのか。いや、脅しに負けてはならないと、己を叱咤《しった》しているはずだった。

新五郎たちの調べたことは、すべて宇梶を通して伝えている。瀬次郎にも怒りはあるはずだった。

「ふん。知らぬぞ、佐土原家の用人など」

浪人は一歩前に出た。腰の刀に手を触れさせていた。

ここで新五郎と宇梶は、小屋から外へ出た。刀傷の侍の前に立ったのである。

「杉野に頼まれたことを、その方は白状したではないか」

新五郎は言っている。

「な、何だと」

「瀬次郎殿は、杉野の名を出しはしたが、佐土原家の者だとは言っていない。頼まれたその方だから、家の名を言えたのだ」

「しゃらくせえ」

浪人者は、短気な質《たち》らしかった。ここで刀を抜いている。呼応するように、もう一人も刀を抜きはらった。

新五郎はすぐに木刀を構えている。予想した動きだった。刀傷の侍と対峙《たいじ》をした。宇梶も刀を抜いて、もう一人の浪人者と向かい合った。

「くたばれっ」

浪人は地を蹴った。刀身が、そのまま突き出されてきた。勢いに乗った、揺るぎのない一撃だった。

新五郎は斜めに前に出て、木刀でこれを払う。

がしと木刀と刀身のこすれる音が、耳元で響いた。だが一瞬の後には、刀身は宙に翻っていた。

「やっ」

切っ先が、新五郎の顔面を薙《な》ごうとしていた。木刀を前に出し、身を引く。刀の切っ先が、目の先一寸足らずのところを行き過ぎた。

木刀が、刀身を追いかけた。これに合わせて、体も前に出している。相手の二の腕を打つ流れだった。

だが刀身の引きは速かった。新五郎はさらに前へ出た。

動きに遅れはない。渾身の力をこめて、木刀を前に突き出した。

「ううっ」

切っ先が相手の小手を打っていた。刀が闇を飛んで、堀の水の中に落ちた。

新五郎はその体に躍りかかった。足をかけ、腕を取って体を地べたに叩《たた》きつけた。

そして腕を捩《ね》じり上げた。

「佐土原家用人の杉野に頼まれたのだな」

「し、知らねえ」

「そうか。ならば思い出させてやる」

後ろ手に回した腕をさらに捩じり上げた。また呻《うめ》き声が上がったが、かまわず続けた。ごきっという音がして、腕の関節が外れたのが分かった。

だがそれで終わりにはしない。手にある木刀で首筋を押さえつけながら耳元に口を寄せて言った。

「まだ思い出せないか。ならばこの腕の骨、木刀で砕く。二度と剣は、握れなくなるぞ」

本当にやるつもりだった。

「す、杉野に言われたのだ。奪い取った金は、そ、そのまま受け取っていいと告げられた」

用意してある縄で、手早く縛り上げた。このとき近くで、縺れ合う人の気配を感じた。宇梶がもう一人の浪人者を、峰打ちで肩を打ちつけたのである。

「わあっ」

そのまま地べたに倒れ込んだ。鎖骨が折れたらしかった。

しかし気配はそれだけではなかった。闇の中から、新たな人物が現れた。二本差しの侍である。これまでの争いを物陰から見ていたようだ。浪人者二人は、捕われ者の立場になった。そこで逃げ出そうとしたのである。

提灯を持った瀬次郎が、立ち塞がった。

侍の顔が、提灯に照らされた。

「や、やはり」

瀬次郎が声を上げた。見覚えがあるらしい。

しかし侍は目の前の瀬次郎を突き飛ばすと、大川に沿った道へ走り出た。

「杉野ではないか」

「はい」

新五郎は瀬次郎の返事を背中に聞いた。全力で杉野を追う。杉野は、なかなかに俊足だった。

だがその駆け抜けようとする前に、二丁の駕籠が立ち塞がった。四人の駕籠舁《か》きが、杖を武器に立ち塞がった。羽衣屋の幸助と、見世物小屋の男衆たちだった。

捕えた浪人者を、目立たぬように添田屋敷へ運ぶために、依頼していたのである。

それが思いがけないところで役に立った。

幸助はもちろん、他の者たちも土地の地廻りと平気でやり合う男たちである。侍一人に怯む者などいなかった。

立ち止まった侍を取り囲んだ。そこへ新五郎が駆けつけた。

「ぶ、無礼をすると、許さぬぞ」

杉野は、よほど動顚《どうてん》していたのかもしれない。ここで刀を抜いた。

すると待っていたかのように、幸助が声を上げた。

「おおい。侍が刀を抜いて、襲ってくるぞっ」

「そうだ。辻斬りだ」

他の者も声を上げた。

刀を振って逃げようとする杉野。その足に、新五郎は手にあった木刀を投げつけた。

「ああっ」

杉野の体は、前のめりに倒れこんだ。囲んでいた者たちが、これを押さえつけた。

「どうする。辻斬りとして捕えられ、町奉行所へ行くか。それともすべてを白状して、添田屋敷へ行くか」

「わ、分かった。浪人を雇ったのは、おれだ」

それを聞くと、杉野の体を駕籠に押し込んだ。刀を振り回したのは間違いない。見ている者もいる。辻斬りとして対応されて仕方がないが、そうなれば杉野一人のことではなくなる。佐土原家もただでは済まない。

杉野はそれを察したのだ。

人が集まってくる気配があったが、幸助らはかまわず駕籠を荷って駆け抜けた。そのまま添田家へ向かった。

刀傷の浪人者も、駕籠に乗せた。もう一人の浪人は、そのままにした。二人捕えれば十分だという判断だ。

添田家の裏門へ行くと、瀬次郎が扉を叩いた。すぐに扉は、内側から開かれた。先日の初老の中間が、待機していたのである。

浪人は縛ったまま御長屋の一室へ。そして杉野を土蔵に連れ込んだ。

新五郎は、紙に浪人者を使って瀬次郎を脅させたむねを書き記し杉野に署名を促した。嫌ならば辻斬りとして、町奉行所へ運び込むと告げたのである。

杉野は署名をした。

それから新五郎と宇梶、そして瀬次郎が添田家の当主瀬左衛門と面会した。屋敷の玄関先でである。

「申し上げます」

新五郎は名乗った後で、瀬次郎と佳世のこと、そしてこれまでにあったすべてのことを包み隠さず伝えた。調べには宇梶も関わったむねを言い添えている。

最後に、杉野に署名をさせた書状を差し出した。

瀬左衛門は、厳しい表情で話を聞き、書状に目を走らせた。そして瀬次郎に目を向けた。

「今の話に、相違はないか」

「はい」

瀬次郎は、土間に平伏して応えた。

「しばし待たれよ」

新五郎と宇梶に伝えた瀬左衛門は、一人で土蔵へ入っていった。杉野へ問い質しに行ったものと思われた。

そしてしばらくして戻って来ると、新五郎と宇梶の前に立った。

「委細承《うけたまわ》った。杉野も罪状を認めた。これ以降は、当家のこととして、お任せ願いたい」

と言って、頭を下げた。そしてさらに言葉を続けた。

「世話になり申した。かたじけない」

これを聞いて、新五郎と宇梶は添田屋敷を引き上げた。

十

新五郎は、髙田屋の家業に追われて日々を過ごした。金を貸す貸さないのやり取りは、楽しいものではない。しかし札差の店はそれで成り立っている。また札旦那の苦しい事情も分からなくはないから、できる限りのことはしたいと考えて応対を行った。

四日後の昼四つ（午前十時頃）あたり、佳世の父峯山助右衛門が髙田屋を訪ねてきた。この日も、油照りの蒸し暑い一日となっていた。

「ささ、どうぞ」

訪問を受けた弥惣兵衛は、鄭重《ていちょう》に峯山を奥の部屋へ通した。そして部屋には、お邑と新五郎も呼ばれた。

「縁談を、なかったことにしていただきたい」

御小普請支配組頭として辣腕《らつわん》を振るっている人物だが、ここでは十九歳の娘佳世の父親として訪ねて来ていた。

まず深々と頭を下げた。

「では佳世さまは」

と新五郎が問いかける。

「添田家へやりとうござる。それが本人の気持ちでござるゆえ」

「それは何よりでございます」

ほっとした気持ちで、新五郎は頷いた。不幸になる人が、少しでも減ればいいといったお鶴の言葉が耳の奥で蘇《よみがえ》った。

「御貴殿には、並々ならぬ世話になった。添田瀬左衛門ともども、礼を申し上げる」

峯山には、娘を不幸にしなくて済んだという安堵《あんど》の気配がうかがえた。

「何よりでございますな」

弥惣兵衛が、ここで応じた。父へは、昨日峯山から今日の来訪が伝えられたとき、新五郎からこれまでの詳細を伝えていた。これといった反応は見せなかったが、受け入れていたのだと悟った。

髙田屋にしてみれば、迷惑な話である。それを顔には出さなかった。

昨夜、門伝が下城の道すがら寄り道をして、髙田屋へやって来た。新たに耳に入れた話として、伝えてもらったのである。

「西の丸御小姓番組頭には、添田瀬左衛門がなる雲行きだぞ。佐土原は自ら身を引いたらしい。何しろ、用人が浪人者を使って瀬次郎を脅したわけだからな。添田もただのお人好しではないから、けじめをつけさせたのだろう」

もちろん用人杉野が勝手に行ったのではない。佐土原に命じられて、動いたのである。

「それで、花帆という娘と大垣家の縁談は、どうなったのか」

「破談であろう。これまで大垣の佐土原への態度は親しげだったが、この数日は様変わりをしていると聞いた。添田は公にはしていないが、大垣に伝えたのかもしれぬ」

「そうか。倅が脅しをかけられた。下手をすれば、添田家が取り潰しになる瀬戸際だったわけだからな」

「これはあくまでも見通しだが、佐土原は近く御勘定吟味役の任を解かれる。無役になるのではないか」

と伝えて、門伝は去っていった。

「そこででござる」

峯山は、新五郎に顔を向けた。

「はあ」

新たな縁談でも言い出すのかと警戒した。嫁取りは、もう少し後でもいいという気がしている。

だが峯山が口にしたのは、そういうことではなかった。

「新五郎殿にも、礼をいたしたい。何か望むことはござらぬか」

そう言われて、頭に浮かんだのは宇梶彦之助の顔だった。可能かどうかは分からないが、ともあれ頼んでみようと思った。

「ならば、今般の事件解決に加わって功をなした宇梶様に、役をつけていただきたい」

新五郎は、宇梶が果たした役割と剣の腕、妻子のことなどを伝えた。

「考えよう」

話を聞いた峯山は、そう言い残して帰っていった。

空に鰯雲《いわしぐも》が浮かんでいる。七月になってしばらくは残暑が続いたが、七夕も過ぎて数日すると、だいぶ過ごしやすくなった。

新五郎は取引先の米問屋へ行くと告げて、髙田屋を出た。初秋の風が、浜町堀を吹き抜けてゆく。向かった先は、都築貞右衛門の屋敷だった。

お鶴に会うのが目的だった。

「まあ、ようこそお越しくださいました」

笑顔で迎え入れてくれた。髙田屋にいるときよりも、いくぶん痩せた。けれども自分に向ける笑顔を目にするとほっとする。

同じ屋根の下で暮らしていたときは、それほどは感じなかった。不思議なことだと、新五郎は思う。

お鶴の部屋に通された。鏡台がなければ、女子《おなご》の部屋とは思えないほどの簡素さだが、掃除は行き届いている。

「今日は、お伝えしたいことがあって参りました」

「何でしょう。きっといいお話ですね。お顔に書いてあります」

どきりとした。鏡を覗きたくなった。ぐっと堪えて、新五郎は口を開く。

「前にお話しした髙田屋の札旦那、宇梶様のことです。この度、お役に就くことが決まったと、知らせをいただきました」

「それは何よりですね」

峯山家との縁談が解消された折、新五郎はその報告にお鶴を訪ねた。しかしそのときは、宇梶の今後については何も分かっていなかった。

「三百俵高の、日光御奉行支配組頭というお役です。ご新造早紀さまと娘の由さまもご一緒に行かれるとか」

「日光には、湯治場もあると聞きます。胸の病には、とても良いのではありませんか」

これは新五郎も、話を聞いてすぐに思ったことだった。添田はそこまで配慮してくれたのかどうかは不明だが、ありがたい赴任といえる。

伝えに来た宇梶の晴れ晴れとした顔は、忘れられない。

「しかも引越料五十両がつくそうです。これも嬉しそうでした」

「借りていた金子も、少しずつ返せますね」

「はい。これが一番、私にとって喜ばしいことです」

自分の顔が、自然にほころんだのに気が付いた。

「本当に、よくご尽力なさいました。惣太郎さまに劣らないお仕事ですね」

兄には、まだまだ足元にも及ばないと感じている。それでもこの言葉は、新五郎にとって何よりの励みになった。

『商いが繁昌するのは大切なことだ。しかし商人だけが儲かるのでは、本当の繁昌ではない。客と共に栄えることが、末永い繁昌に繋がる』

前にお鶴の口から、兄の言葉として聞いた。あれからずっと、胸に刻み込んでいる。

「札差として、一人前になります。そして高田屋に、末永い繁昌をもたらします」

新五郎は、お鶴に向かってその覚悟を伝えた。

本書はハルキ文庫（時代小説文庫）の書き下ろしです。

時代小説文庫
ち1-21

札差《ふださし》高田《たかだ》屋《や》繁昌《はんじょう》記《き》㊀ 若《わか》旦《だん》那《な》の覚《かく》悟《ご》

著者 千《ち》野《の》隆《たか》司《し》

2015年3月18日第一刷発行

発行者 角川春樹

発行所 株式会社 角川春樹事務所
〒102-0074 東京都千代田区九段南2-1-30 イタリア文化会館

電話 03(3263)5247[編集] 03(3263)5881[営業]

印刷・製本 中央精版印刷株式会社

フォーマット・デザイン＆シンボルマーク 芦澤泰偉

ISBN978-4-7584-3882-7 C0193

http://www.kadokawaharuki.co.jp/[営業]
fanmail@kadokawaharuki.co.jp[編集] ご意見・ご感想をお寄せください。

千野隆司の本

蕎麦売り平次郎人情帖

シリーズ（全六巻）

①夏越しの夜
②菊月の香
③霜夜のなごり
④母恋い桜
⑤初螢の数
⑥木枯らしの朝

市井の人々の苦悩や悲しみを救う為、
蕎麦売り平次郎が活躍する‼

時代小説文庫